センチネルバース　蜜愛のつがい

今城けい

幻冬舎ルチル文庫

CONTENTS ✦目次✦

センチネルバース 蜜愛のつがい

✦カバーデザイン＝齋藤陽子(CoCo.design)
✦ブックデザイン＝まるか工房

イラスト・麻々原絵里依✦

センチネルバース　蜜愛のつがい

この日、涼風唱《すずかぜしょう》はいつもと変わりなく目が覚めた。毎朝おなじにしている起床時間ぴったりに電灯が点《つ》き、環境音楽が流れはじめる。

ベッドの横にある窓からは小鳥が飛び交うさわやかな朝の景色が眺められるが、これは投影されたホログラムによるつくりものの光景だ。

《おはようございます、唱さん》

涼風のベッドの上から聞こえてきたのは、AI、つまり人工知能の音声だ。やや低めの女の声に設定してあるそれは、今日の天候と気温、それに朝食メニューの希望とを聞いてきた。

涼風が「なんでもいいです」と応じると、

《それでは、いつもとおなじにバタートーストと紅茶にします。茶葉もいつものでいいですか？》

「はい」

都心にあるこの部屋はワンルームで、寝室兼リビングのほかはシャワー室や洗面所など最低限の設備だけだが、ひとりで住むにはこれでも充分事足りる。

少子高齢化でこの国の人口は激減したが、都会における人口密度はそれに反比例して加速度的に増加していた。政府は高層住宅をいくら建てても追いつかず、人々のはたらきかたを変えるよう民間企業に勧告しつづけているありさまだ。

職種にもよるだろうが、この現代ではどこにいても仕事ができる。むしろ積極的に地方に散らばってはたらくほうが効率がいい。けれどもそうした指導もむなしく、都会にむらがる人々は増えるいっぽう。その結果として、地方は過疎化し老齢人口が増えるばかりだ。

《今日の服装はどうします？》

食事を終え、洗面所で歯を磨いているときにＡＩが聞いてきた。少し考え、とくになにも思いつかない。

「まかせます」

《それでは、こちらでどうですか》

洗面所から出ていくと、部屋の壁に大きな鏡が現れた。そこに映る自分の姿は、いま着ているパジャマではなくＡＩが選んで勧める外出着になっている。

細い縦縞《たてじま》シャツに、ベージュのコットンパンツ。いまは一月なかばなので、その上にＶネックのセーターとダッフルコートも。バーチャルなのでそれに合わせた靴もすでに履いている。

先月で二十一歳になったばかりの涼風の頭髪と眸《ひとみ》の色は、あたたかなココア色。これは天然の色のままで、いまどきにはめずらしく涼風はどの部分も生来の状態から変えていない。

年齢よりも子供っぽく見えてしまう二重の大きな眸も、すっきり通った鼻筋も、ふんわりとやわらかそうな唇も、すべて自然のままだった。

なにも手をくわえなくても整った涼風の顔立ちは、しかしいまは両目にかかるほど長く伸ばした前髪と、乏しい表情と、伏せがちな視線とで、そうは見えなくなっている。
《どうでしょう》
「いいと思います」
聞かれたので機械的にそう言った。ＡＩ相手でも丁寧な言葉遣いになっているのは、それ以外に知らないからだ。甘えた口調で話せる家族や、くだけた調子で語り合える友人。そうした存在がいまも昔も身近にいない涼風にしてみれば、この距離感でのやり取りしかわからない。
《では、こちらに決定します》
合成音がそう言うと、その直後に鏡はクロゼットにかたちを変える。白い扉をひらいてみれば、そこにはさっき鏡の自分が身に着けていた服装一式が入っていた。
《本日の就業時間は午前九時から午後六時まで。そのほかにご予定がありますか？》
「いいえ」
《わかりました。それでは今日もお気をつけていってらっしゃい》
着替えた涼風がＡＩに送られて外に出る。
いつものことだが、ここから最寄りの駅まで行って、満員の通勤電車に詰めこまれたあと、目的の駅構内に多量の乗客ごと吐き出されるのだ。

そうして人々の流れに沿って地上に出れば、このあとは徒歩で五分。

涼風が専門学校を卒業後に採用された会社は、オフィス用のシステムを構築し提案する会社で、自身はプログラマーとして目立たぬまま黙々とはたらいている。

分厚い雲が空に垂れこめているこの朝、道を歩く人々は、涼風とおなじようにそれぞれの目的地に向かっている。一定の距離を保ち、ほぼ同一の速度で歩く人の波はまるで蟻《あり》の行列か機械人形の行進のようだった。

その人波に身をゆだねていた涼風が、ふと、いままでうつむけていた面《おもて》をあげた。なにがあったというわけではなく、なにか聞こえたからでもない。

ただなんとなく顔をあげて、斜め向こうに視線を向けた。

この時間帯、おそらくほとんどが仕事場に向かっている人々だろう。とくに変わった様子は見えず、逆方向に進んでいる人の群れがあるだけだ。

涼風はふたたび顔を戻しかけ、刹那《せつな》にその動きがとまる。

なんだろう。そちらから目が離せない。

なぜなのかわからないが動けない。

いつの間にか立ちどまっていたのだろう。人波をさえぎる格好になっていた涼風は、後ろにいた男から苛立《いらだ》たしげな舌打ちごと邪険に押される。

それでようやくそちらの方向から目線が外れ——しかしその直後、激しい頭痛に見舞われた。

「……い、た……っ」

頭をかかえて膝をつく。そうせずにはいられないほど強烈な痛みだった。

これはなんだ。痛い。怖い。

たんなる頭痛とはことなって、まるで脳が溶け崩れてしまいそうな恐怖をおぼえる。

目蓋《まぶた》を閉じても目眩《めまい》の感覚はおさまらず、頭のなかには高速で旋回する巨大な渦の映像が視《み》えていた。

回る。溶ける。痛い。苦しい。

「誰か……」

なにに救いを求めているのか自分にはわからなかった。

こんなときに助けを請うその誰かさえいないのだ。

涼風は両手でこめかみを押さえながらそれを知る。

ああそうか……自分は独りだ。誰もいない。独りぼっちだ。

そして、このまま……。

ねじれる意識が薄れて消えかけたとき。ふいに近くで声がした。

「きみ!?　大丈夫か！」

何者かが自分を覗《のぞ》きこんでいる、ような気がする。けれどももう目が見えない。無意識にあげた手を誰かが握った。でもそれも錯覚だったのかもしれない。

「すまない。俺が」

このひとはなにを言っているのだろう。それともこれは幻聴なのか。

誰かにあやまられるような出来事はなにもなかった。

平気ですから、という声は果たして口から出ていたのか。

それきり視界は真っ黒に塗りつぶされて、闇と無音の世界に沈んだ。

◇

◇

あのとき自分を助けてくれたのは誰だったのか。

気を失った涼風が目覚めたのは病院で、医師や看護師にたずねても、はっきりとした答は返ってこなかった。

自分よりは年上の若い男であったような気はするが、どこの誰ともわからない。

しかも、そのあと自分にとっては予想外の出来事が待っていて、それどころではなくなったから、いまも結局うやむやのままだった。

知りようもないことだから、あきらめるのが正解なのか。

けれども涼風の心のなかにはいまも疑問が残っている。

なぜ、彼はあのときにあやまったのか。

なにひとつ悪いことなどしていなかったのにもかかわらず。

無性にそれを聞いてみたい気持ちはあるが、男の顔や背格好は靄《もや》の向こうに見えるような程度だし、声もどんなだったかはすでに曖昧《あいまい》になっている。

たぶん、もう会えないだろう。

あのあと涼風は都会を離れ、移動に五時間以上もかかる緒可島《おかじま》に移り住んだ。理由は病気の症状を軽減するため。

原因不明の頭痛のほうはあれ以後再発していないが、各種の検査とともにおこなわれたメンタルチェックでは惨憺《さんたん》たる結果を出した。かなりの鬱《うつ》状態におちいっていて、なんらかの改善が早急に必要だと。

すでに会社ではたらく気力もなくなっていて、辞表を出した涼風をとどめたのは、直属の上司である高浜《たかはま》課長だ。

——とにかく辞めたいということだけど、仕事の内容に不満があった？

——いいえ。仕事に不満はありません。

——じゃあ、人間関係で悩みでも？　涼風くんはあまり皆と打ち解けるタイプじゃないが、仕事は正確で着実にこなすだろう。わが社としてもこのまま辞めさせてしまうのは惜しい人材だと思うんだ。

問題をかかえているなら言ってくれ。心配そうな高浜課長にそうながされ、涼風はちいさく洩《も》らした。

――僕は……どこか遠くに行きたいんです。

――どこかって、どこ？

涼風は無言のままにうつむいた。

――うーん。遠くに、ねえ。

高浜課長はつかの間宙を見つめていたのち「そうだ」と涼風に視線を戻した。

――いまちょっと思いついたことなんだが、僕の親戚が町おこしをしていてね。おもな産業は漁業くらいのちいさな島だが、一年前にシェアオフィスを開設したんだ。そちらに行って、はたらくのはどうだろう。

――島で、ですか？

――ああ。うちの会社はリモートワークを元々推奨しているし。きみが手掛けているプログラミングは、ぜひにも出社しなければならないものでもないからね。タスクの振り分けを見直して、あちらの島でも業務が可能になるように計らおう。

――……ありがとうございます。よろしくお願いいたします。

そう言って、涼風は逃げるようにこの島に渡ってきた。いちおうここに来る前に、倒れたときに診てもらった病院にも相談したら、転地療法として有効ではないかという返答だった。

涼風にしてみれば、療法はどうでもよかった。ただその場からいなくなりたい一心だった。

どこでもいい、なんでもいいから逃げ出したい。それができれば、この島でも、ほかの場所でも、あるいは……死の世界でもかまわなかった。

しかしやみくもに飛び出してきて、早二カ月。島の静かな暮らしは思った以上に涼風の性に合ったようだった。下宿先とシェアオフィスを往復する単調な生活も以前と似ていて苦にはならず、むしろ都会とはまったく違った自然の景色に癒される。

見えるものは、海に、山に、段々畑。朝陽は山の向こう側からのぼってきて、やがてはるかに広がっている水平線の果てへと沈む。風は海から陸のほうへと吹きはじめ、しばしのあいだの凪《なぎ》を経て、山から海へと吹き下ろす。

日々変わりなくくり返されるこの営みは次第に涼風を落ち着かせ、ずっとこうしてひっそり過ごしていけたらと願うまでになっていた。

ここでいい。このままでいい。

けれどもときおり思うのだ。

あのときの男はいったい誰なのか、と。

「できればあそこを使いたいが」

「ああ。あの席なら大丈夫です。いまは空いていますから」

ふいに耳に飛びこんできたその声に、つかの間の物思いから引き戻される。

どうやらいつしかキーボードを打つ手を止めて、ぼんやりしていたようだ。

このとき涼風はシェアオフィスのブース席に座っていたから、衝立《ついたて》にはばまれて声の主の姿は見えない。しかし、その会話から察するに、これは誰か新しい借り手が来たのではないだろうか。

自分もこの場を借りている身ではあり、文句を言う筋合いはまったくないが、ひとが増えると思うだけで自然と気が重くなる。

ここは都会から来るリモートワーカーを対象にした施設であり、カフェを併設しているものの地元の客はほとんど来ない。利用客の大半はネット環境を求めている人種であり、彼らの職種もそうした方向に偏っている。

またＩＴ系の技術者だろうか。それとも絵描きや音楽や文筆などのアーティスト系なのか。べつにどちらでもかまわないが、さっきあの席と言っていた。なるべくならこちらではなく、オープンスペースのほうだといい。

この施設の内部はカフェの席でもあるオープンスペースと、衝立に仕切られた半個室タイプのブース席とに分かれている。誰とも親しくなりたくない涼風は、みんなとはいちばん離れた最奥のブース席に引っこんで作業をするのが常だった。

できれば自分から離れた席に座ってほしい。そんな涼風の願いもむなしく、ふたりぶんの足音はどんどん自分が座っている場所のほうへと近づいてくる。

「この席ですね？」

「ああ。ここには脳波の読み取りをする装置があるだろうか」

「ええ、ありますよ。最近はそれが主流ですからね。もし、タイピングのためのキーボードが入用なら、言ってくれれば貸し出しできます」

「ありがとう。必要になったときには声をかけます」

彼らの会話を耳にしながら、涼風は振り向かないまま考える。

最初の声は、この施設の店長であり、上司の親戚でもある高浜だ。四十歳になったばかりという彼は、おだやかな風貌《ふうぼう》と話しかたの持ち主で、機器の操作にも詳しいし、カフェでは料理人もする。

そしてもうひとつ。こちらがきっと新しく入ってきたひとだろう。

この借り手が誰であれ、涼風は興味がなかった。隣で仕事をすることはどうやら確定事項のようだが、自分をそっとしておいてくれさえすれば、横がどんなひとだろうとかまわない。

けれども高浜店長はほがらかな口ぶりで互いを引き合わせにかかってくる。

「涼風くん、紹介するね」

やむなく涼風は姿勢を変えた。

「こちらは藍染《あいぜん》さん。今日からここの仲間だよ」

上目に眺める彼は三十歳前後だろうか。薄手の黒いセーターにスラックス。他人に関心のない涼風でも彼が申し分のない容姿であることはわかる。赤みの混じった黒髪。切れ長の眸

に高く通った鼻筋。きっかり結ばれた唇に、シャープなラインを描く顎。その雰囲気も他者を軽々と圧するほどの風格に満ちていた。

「こんにちは」

「あ……」

なぜか声が出なかった。視線が合う前に、涼風は会釈をするふりでうつむいた。そうすれば、鬱陶《うっとう》しいほど伸ばしている前髪が少しは自分の盾になる。

「隣に座っても？」

下を見たまま首を振る。彼は涼風の右横にある席に座った。

「それじゃ藍染さん、ここにある機器についてはさきほど説明したとおり。併設してあるカフェは八時から六時まで。その前後の時間帯はセルフの給茶器を使ってください」

「わかりました」

高浜が去っていくと、藍染は正面に向き直った。

彼は脳波を読み取る装置の有無を確かめていたようだから、おそらくVRを使って直接インターネットにアクセスしているのだろう。

涼風も自分自身のキーボードに指を置いたが、気が散っていて自分がどんな作業をしていたか思い出せない。

なぜこんなにも落ち着かない気分なのか。見知らぬ男が自分の隣にいるからだろうか。

けれどもいままで住んでいたあの街では、本意であろうがなかろうが他人と隣り合わせることはごく当たり前にあることだった。人口過多のあの場所では、いちいち他人を気にしていてははじまらない。自分の周りに壁をつくって、ほかの存在をないものと考える。あるいは自分がないものだと思いこむ。

それは得意な作業のはずだ。

「涼風くん、と言ったっけ」

衝立のすぐ向こうから声が聞こえて、びくんと肩が跳ねあがる。

「はっ、はい」

「話しかけてもいいだろうか」

「その……はい」

ためらったが正直な気持ちは言えず、相手を受け容れる言葉になった。彼は椅子《いす》を引き、涼風が見える位置に身を移す。やむなく涼風も自分の椅子を後ろにずらし、彼のほうに回転させた。

「さっき紹介されはしたが、あらためて俺のほうから名乗りたい。俺は、藍染丈瑠《たける》。昨日の夕方、この島にやってきた」

「ぼ、僕は涼風唱です」

「俺は蓬莱亭《ほうらいてい》に泊まっているが、きみは？」

「美鈴《みすず》さんの……ではなくて、高浜さんのご親戚の家に下宿を」

「ここの店長の？」

「そうでもありますし、勤務先の上司もそうです」

涼風は心の内で肩を落とす。どうやら藍染というこの男は話し好きのようだった。

「ちいさな島だ。親戚が多いのもうなずけるが。それじゃあきみは『美鈴さん』の下宿人というわけだ」

さっき涼風が口を滑らせた台詞《せりふ》を拾って彼が言う。

場を和ませようとしたのはわかって、しかし涼風は笑いもできずにうなずいた。

「不自由の多い土地だし、きみはたぶん都会育ちでこういう場所には慣れないだろう。なにか困ったことはない？」

「いえ……」

なにかと言われても思いつかない。返事はいきおい無愛想なものになり、相手が戸惑っているのが伝わる。どうすればいいのかがわからなくて、涼風はひたすら困った。

「その。近づきのしるしというのじゃないけれど、これも隣に座った誼《よしみ》だ。なにか飲み物をおごらせてくれないか」

そんな気遣いは無用です。どうぞこちらは気にせずに。

そう思ったが、それをそのまま伝えるのは失礼ではないだろうか。

迷って固まったままでいたら、ちいさなため息が聞こえてきた。

「すまない。きみを困らせるつもりじゃないんだ」

「……っ」

瞬間。涼風は息を呑《の》んだ。

なにか……なんだかわからないけれど、胸の中がざわついている。

（このひとはなにひとつ悪いことはしていない。だからあやまらなくていい）

自分は、たったいまそう思った。

ただそれだけで、だけど、どうしてこんなにも……。

「……い、った……っ」

無意識に両手があがって頭を押さえる。

痛い。割れそうに頭が痛い。

「きみ⁉」

前のめりに倒れこみ、床の上に転がり落ちる……はずだった。寸前、出された男の腕がくずおれかけた自分の身体《からだ》を抱きとめる。

「涼風くん？　大丈夫⁉」

異変に気づいて、高浜店長が駆け寄ってくる。

「いったいなにがあったんだい？」

「急に具合が悪くなったみたいです」

藍染がこちらに代わって店長に返事をする。

「この近くに病院はありますか？」

支えた身体を抱きかかえて立たせようとしたのだろうか、長い腕があらためて背中に回る。

この段で、ようやく喉から声が出た。

「へ……平気、です」

「だが」

「ちょっと……頭痛がしただけで……もう治まりました、から」

言いながら、男の腕を押し返す。

どうしてかこのひとから離れなければならないという切羽詰《せっぱつ》まった気持ちがあった。

「もう平気です。痛くないです」

これは事実とはかなり違うが、口早に言いきるとそれ以上は踏みこめないと思ったようだ。

ふたりは顔を見合わせると、どちらからともなくうなずいた。

「じゃあ、下宿先まで送っていくよ」

申し出たのは店長だ。しかし、涼風はそれにも横に首を振った。

「大丈夫です」

まだここは営業時間で、店長に面倒はかけられない。

「そ、そうかい……でも」

高浜が躊躇《ちゅうちょ》するのを隣の男が引き取った。

「なら俺が車できみを送っていこう」

「いえ……本当に」

すみません、とかすれた声で断った。

「お騒がせして。だけど、もう平気です。その……自転車で帰れますから」

このまま自分がここにいても心配をかけるだけだ。そうと悟って、涼風はふたたび彼らに詫《わ》びを言う。

「すみません。平気なんです。下宿に戻って休みます」

支離滅裂になっているような気もしたが、交互にふたりにお辞儀する。彼らはもう一度視線を交わし、微妙な顔つきでうなずき合った。

「それじゃ、気をつけて帰るんだよ」

「はい、すみません。ご迷惑をおかけして」

高浜店長にそう返すと、今度は藍染が言ってくる。

「詫びはいらない。むしろ迷惑をかけたのは俺のほうだ」

「……え？」

「ああいや。気をつけて帰ってくれ」

彼から迷惑をかけられたとは思わない。不思議な台詞だったけれど、それを気にする余裕もなく、涼風はデスク周りを片づけてから施設の外に出ていった。

「……ふう」

頭の芯はまだ少し痛んだが、こうして外の空気を吸うと、さきほどよりは明らかによくなっている。

涼風は建物の裏手に回ると、借り物の自転車にまたがった。

下宿先はこの施設から戻りは自転車で十五分ほど。ゆるやかな上り坂を漕いで進めば、段段になった畑に差しかかる。そこをさらにあがりきって、小山の中腹に建てられた一軒家が目的地だ。

「ただいま戻りました」

「おや、お帰り」

たてつけの悪くなった引き戸を開けて中に入れば、かっぽう着を身に着けた老婦人が迎えてくれる。

彼女は美鈴さん。さっきは藍染にそこを拾われてしまったが、この島の人達は苗字《みょうじ》が高浜だらけなので、名前かあるいは家のある地名を頭に冠して呼び合っている。

涼風も最初は普通に「高浜さん」と呼びかけをしていたが「それはようけおらすけえ」と彼女に言われ、以後はこの島のやりかたどおりに名前のほうで呼んでいた。

「いつもより早かったのう」

彼女が言ったとき、猫が一匹家の奥から駆け出してきた。

「えと、それは……ちょっと」

もごもごと口のなかで言いながら、玄関を入った土間からあがりがまちに足をかける。そうして廊下を歩き出せば、サビ柄の猫が足元に身を寄せた。

身体をこすりつけながら足の周りを回るのは、この猫なりの挨拶だ。そうとわかって、こちらからも「ワサビさん、帰りました」と挨拶する。

すると、その様子を眺めていた美鈴さんが、目尻《めじり》に皺《しわ》を刻みながら「ちょっと待っててつかあさい」と台所に姿を消した。そのあとすぐに戻ってきて、手に持っていた盆を差し出す。

「夕飯までは間があるけえ」

「あ。ありがとうございます」

盆の上には湯飲みのお茶と、抹茶《まっちゃ》色の羊羹《ようかん》がふた切れ乗っている。涼風は礼を言うと、盆を受け取って二階への階段をのぼっていった。

涼風が間借りしているこの下宿は、都会では考えられないほど広い敷地に余裕をもって建てられた和風の家だ。二階には十畳間が三つあり、それぞれの襖《ふすま》をひらけば次の部屋へと繋《つな》がる造りで、階段をあがって続く長い廊下は各部屋に面している。涼風が借りているのはいちばん奥で、古いが居心地のいい部屋だった。

自室に戻ると涼風は盆を座卓の上に置き、その前に腰を下ろした。そのあとぼんやりしていれば、さっきの猫が閉め残した襖の隙間から顔を出す。

「こっちに来ますか？」

声をかけると、猫はしなやかな足取りで寄ってきて、ためらいなく涼風の膝の上に乗ってくる。そこでつかの間もぞもぞ動いていたあとで、いい具合におさまった。

「あのね、ワサビさん」

木枠の窓ガラスから差しこむ光に照らされながら、涼風は膝の猫に話しかける。

「今日は仕事場で変わったことがありました。シェアオフィスに新しいひとが来て、僕の隣に座ったんです」

猫相手でも丁寧語を話すのは、どんなふうに接していいか決めかねているからだ。

この島に渡ってくるまで、涼風は本物の猫を見たことがなかった。都心のペットはよほど金持ちでもない限り、精巧なロボットが担っている。涼風自身は生きて動く小動物も、ロボットのペットのほうもこれまでに馴染《なじ》みがなく、結局誰にでもするような話しかたになってしまう。

「きっと都会から来たひとです。それも、高級な住まいにいたのじゃないでしょうか」

それでもこの猫に対してだけは、普段うまく動かない自分の舌がなめらかに動くようだ。

人間の言葉で返事をする代わりに、ワサビは右耳をぴくぴくと震わせた。

「なのに、わざわざ自己紹介をしてくれました。でも僕は……都会から来た人達は、あまりありがたくないんです」

自分だって都会から来たくせに、勝手なことを言うと思う。けれども涼風には知られたくない事柄がある。だからどうしても警戒してしまうのだ。

「とくにあのひとは……苦手かもしれません」

藍染が傍《そば》にいると、なぜか無性に胸がざわつく。あの声の響きを聞くと、妙な気分になってしまう。落ち着かなくて、いますぐに逃げ出したくなってくるのだ。

——すまない。きみを困らせるつもりじゃないんだ。

彼の声がよみがえり、涼風はふるっと身を震わせた。

「……あれは変な感じでした。なにか思い出しそうになったのに、やっぱりいまもわからないんです」

眉を寄せつつ、涼風は膝の猫の背を撫《な》でた。

「考えるのは怖いです。また頭が痛くなったら。そう思うと、ブレーキがかかるんです」

実際には、なにもたいしたことはない。ちょっとばかり苦手な人種が隣の席にやってきた。頭痛はたまたまで、いまはもう治まった——そんなふうに思いたい。

「あのひとは……いつまでこの島にいるんでしょうか」

シェアオフィスでリモートワークをしているひとは、ひと月もかからずに島を出ていく場合がある。それは、仕事上の都合だったり、島暮らしが合わないで早々に嫌気がさしたのが理由だったり。そのときどきで事情は変わるが、あのオフィスで借り手の顔ぶれが頻繁に変わるのはめずらしくないようだった。

「きっとそのうち、いなくなるんじゃないでしょうか」

それが望ましいことなのか、そうでないのか涼風はわからない。

強烈な印象を自分にもたらしたあの男は、なんの仕事をするためにこの辺鄙《へんぴ》な島まで来たのだろう。

彼は静かな島よりも、パワー渦巻く都会こそが似合う男だと思うのに。

そこまで考えて、涼風は肺にためていた息を吐いた。

とにかく今夜はもう考えない。どのみち明日はまた会う相手だ。

涼風が脳裏から男の姿を追い払おうと頭を横に振ったとき、階下から声が聞こえた。

「風呂の湯が入ったけえな。先に湯につかりんさい」

「あ、はい」

そのうながしに応じて、涼風は腰を浮かせた。と、ワサビが膝から跳び下りる。

「先のことは想像しない。自分がしている行動にだけ目を向ける」

これはこの島に来る前に受けていたカウンセラーに授けられた助言だった。

いまだけに集中すること。不安の先取りはしないこと。

その言葉をよみがえらせて、涼風は風呂に行こうと立ちあがった。

*

その涼風から一時間に少し足りないこの時刻。藍染は施設を出た青年を見送ってから、自分のすぐ脇にいた高浜店長に目配せした。そのあとおもむろにカフェスペースを横切ると、建物の壁際に並んでいる通話ボックスのひとつに入る。

ここはシェアオフィスの利用者が周囲に気兼ねなく通話をするための空間で、内部にはひとり用の椅子と、ちいさなカウンターテーブルとが置かれている。背もたれのないその椅子に腰かけて、藍染は左手首の腕時計に目をやった。

あと五分。

そしてその時刻になったとき、半透明になっているドアの向こうに影が差した。誰かがこのボックス前を通ったのだ。

ややあってから藍染は腕時計の通話システムを起動させ、空中に現れた電子画面のボタンを押した。ほどなく回線は指定した相手に繋がり、そこから音声が流れてくる。

『お待たせしました』

快活な男の声は、ついさきほど耳にしていたものだ。藍染は、カフェエプロンを身につけた四十男のおだやかな風貌を頭に浮かべて通話に応じる。

「いや。忙しい時間帯にすまないね」

『ああいえ。午後のティータイムはピークを過ぎていましたし』

そう言ってから、『それにしても』と感心したふうの口ぶりを洩らしてくる。

『ずいぶん早くこっちに来られたんですね』

「二カ月遅れだ。早くはないが」

『来られただけでも驚きですよ。大企業のＣＥＯが、まさかこんなちいさな島に来るなんて。しかも、当分はこの島にいるんですよね』

『いままで一日も休まずにいたからな。七年分の休日だ。しばらくはここでゆっくりさせてもらうさ』

『ゆっくりって、どれくらいなんですか？』

「それはわからない。最長で四カ月だ」

藍染がそう言うと、相手は『ふわあ』と感嘆の息を吐いた。

『反対されたでしょう？』

「ここでもある程度は業務ができる。この施設の使用時間の延長をお願いすることもあると思うが」

『ええ。こちらはいっこうにかまいませんよ。そのための見返りはたくさんもらっていますしね』

この島に渡ってくる前、藍染はシェアオフィスの店長といくつかの取り決めをした。

まず、貸しオフィスの利用料は既定の三倍払うこと。延長料金はさらにその倍。それから既存の施設をアップグレードするための新システムの導入と、その機器を設置すること。最新のシステムは今後七年間にわたって更新費用を無料にすること。

世界中に拠点を置くIT企業の代表である藍染にしてみれば、それらの代償はささやかといえる程度だ。そのくらいで自分の頼みが叶《かな》うなら、むしろこちらが感謝するほどのものだろう。

「俺が現地に移ってきたから、毎日の報告は取りやめてもらっていい。ただし、なにか気づいたことや変わったことがあったときには、いままでどおりの連絡を」

相手が了解したのを潮に、藍染は通話を終えた。

しかしすぐには通話ボックスを出ていかず、目線を落としてさきほど自己紹介をしてきた青年を思い浮かべる。

ひさしぶりに見てみると、彼はさらに痩《や》せていた。長くした前髪が目まで覆い、あれはきっと自分の内側にこもる気質の反映だろう。

さっきも人見知りをしていたし、話しかけてほしくなさそうな様子だった。

これは少し骨が折れるかもしれない。

そう思いはするが、いまさらやめて帰る気は欠片《かけら》もない。

まずは彼の警戒心を解いてやることが大事だ。少しずつ、そのうちこちらが彼の見える場所にいるのが当たり前と感じるくらいに慣れてもらおう。

時間が潤沢にあるわけではないけれど、いまは焦ることはない。

あわてて彼をつつきまわして、より殻に閉じこもられてもやっかいだ。

そう……急がずに、かつ確実に。

これは絶対に失敗できない案件だから。

＊

どうせすぐにいなくなる。涼風がそんなふうに予測した藍染は、しかしあれから半月が経《た》ったいまも依然としてこの島にいる。

ただ、話し好きかと思った初対面の印象は違ったようで、彼はあれ以後一定の距離を開けてこちらと接しているふうだ。

そのうえに時間帯もさほど合わない。九時から六時までシェアオフィスに詰め切りの涼風とは違って、彼のほうはちょくちょく隣のブース席を離れていく。昼食もカフェではなく外で食べているらしく、彼と言葉を交わすのは行き帰りの挨拶くらいのものだった。

突然起きた頭痛のこともあり、彼のその行動には正直ほっとした部分もある。けれども身構えていたぶんだけ、肩すかしをくらった感も否めなかった。

向こうがこちらに興味を示してこないのは当然で、むしろそれが好ましい。

そう思うのに、なんとなく落ち着かない。彼がこの施設内にいるときは緊張するのに、いなくなればなんだか気の抜けた感じがする。

なぜなのだろうと考えれば、結局相手を意識することになり、涼風は藍染がシェアオフィスに戻ってくると、その行動を目で追うようになっていく。そしてそのためにわかったことだが、どうやら彼は高浜店長と特に仲が良いらしく、この地域の町おこしの話題を真剣に聞いていたり、自分のほうからもＩＴ系の最新情報をレクチャーしたりしているようだ。

そんなときの藍染の横顔は精悍《せいかん》で、話しかたにも無駄がない。彼はきっと都会では責任ある立場に就いているのだろう。それもかなり上位のほうの。

そう思っても不思議はないほど、彼は自信に裏打ちされた鷹揚《おうよう》さをごく自然に身につけているふうだった。人々が自分の頭上に戴《いただ》く人種。彼からはそんな雰囲気が感じられた。

つまりは自分からかけ離れた遠い存在。これからもこの先も縁のないひとなのだ。

なのに、なんとなく彼が気になる。自分とは関係ない男なのに、やはり彼をちらちら見ることがやめられない。

今日も藍染が隣の席に座りに来ると、知らず身体が強張《こわば》った。こうしてすぐ近くにいると、

やはり気が散って仕事にならない。やむなくキーボードに手を置いて、じっとしたままでいたら、

「今日はいい天気だ」

ふいに彼がそう言った。話しかけられるのかと、涼風は緊張する。

「こんな日には、港町まで行ってみよう」

どうやら隣のブースの男は、独りごとを言うらしい。ややほっとして、涼風が止めていた指の動きを再開しキーボードを打とうとしたら、彼がまたも独語する。

「そういえば、文房具屋の隣のあのスーパーに猫のおやつが入ったそうだ。新商品で、ずいぶん人気があるようだったが」

なるほどと涼風は心のなかでうなずいた。

猫のおやつ。それはどんなものだろう。人気があるのならあの猫もきっと気に入ってくれるのじゃないだろうか。

隣の男はそれきり静かになって、そのうちに席を外していったけれど、彼の残した台詞は頭にとどまっている。

涼風はどうしようか迷ったあげく、結局午後六時を回って退勤時間になったあと、自転車で港町まで行くことにした。

彼が言ったのは、おそらく小山《こやま》通りにあるスーパーだ。この島には購入のボタンを押せば

即時に配達されてくるシステムなどなく、いちいち店まで行かねばならない。

けれどもそこまで出向いた甲斐《かい》は確かにあった。

「あの。新商品の猫のおやつはどこでしょう」

レジ前の丸椅子に腰かけていた老婦人にたずねると「あそこじゃ」と指を差して教えてくれる。ついでに立って、涼風の行く後ろからついてきた。

「それそれ。昨日入ったばかりじゃけえ。仕入れの店が特別なんたらで、えろう安う売ってくれたで」

個別包装の細長いパックには、白いふわふわふわの毛並みをした洋種の猫の絵が描いてある。それが五本で一本おまけ。これはなかなかお買い得ではないだろうか。

涼風は十本買って、おまけを二本つけてもらった。

「ありがとなあ」

こちらこそその気持ちをこめて、涼風はレジ前でお辞儀をすると、明るい気分で店を出た。

バックパックにそれを入れて背中に負い、ふたたび自転車にまたがって、下宿先に帰ろうとハンドルを回したときだ。

「……あ」

涼風のいる小山通りの斜め向こうに藍染が立っていた。ひとりではなく、地元の人達に囲まれて、立ち話をしているようだ。

彼らから頭ひとつ抜け出た藍染を取り巻いている人達は皆老齢だが元気がよく、彼のほうも楽しそうに応答している。

藍染はこちらには気づいていないふうなので、その様子を自転車にまたがったままじっと見守ることにした。

そういえば、あのひとがこんなふうに笑っているのは初めて見た。

涼風は感心しつつその光景に惹《ひ》きこまれる。

島の人達もいかにも屈託なさそうにしゃべり合っている様子で、それはきっと、彼の上辺《うわべ》だけではない好意を感じているからだろう。

こういうのが周りの人々と本当に仲良くするということだ。

その手本を目の前に見せられて、涼風は感じ入って見つめるしかない。

自分に足りないものが、いま完璧《かんぺき》なかたちですぐそこに存在している。

陽の当たる場所。持てる者。生きるのがたやすい男。

いいなあ、とうらやましくは思わない。

自分なんかがたどり着ける場所などではないからだ。

ただ遠くから見つめるだけ。

額縁に入っている絵画のように、離れたところで眺めるだけだ。

「あ。涼風くん」

なのに、突然声をかけられ、涼風の心臓が跳ねあがる。

「きみもここに来ていたのか」

藍染がこちらを向いて話しかける。距離はあったが、よく通る彼の声ははっきり聞こえた。しかもそれだけではなく、藍染は涼風のほうに向かって歩みはじめた。すると、彼の周りにいた人達までおなじ歩調で近づいてくる。

涼風はとっさに逃げるすべもなく、まもなく藍染をはじめとする地元の人々に取り囲まれた。

「きみも買い物？」

「……はい」

追い詰められた気分になって返事する。すると、藍染の隣にいるエプロン姿の老婦人が、涼風の後ろの店に目を向けた。

「この子ぉは、谷中《やなか》の店で買い物をしとったんよ」

彼女が言えば、おなじような年格好《かっこう》の女性が横から言葉を添える。

「そうそ。猫のエサをよう買いよってじゃ」

「条野《じょうの》の家に住んどるこの子は、猫がえろうお気に入りじゃて」

条野の家とは、美鈴さんの住まいのことだ。

涼風はにわかに話題のひとになり、いたたまれない気持ちのまま棒立ちになっていた。

「猫？」

興味を持ったのか、藍染がその会話を受けて聞く。

「ワサビいうんじゃ」

「なんとのう、ごちゃごちゃしとる柄の猫じゃて」

「あれの歳《とし》はどれぐらいじゃったろう」

「三つ半ほどじゃないきゃあのう」

涼風が答えなくても会話がどんどん進んでいくのが、ある意味ではありがたい。

藍染はなんとなく微妙な顔つきでその成り行きを眺めていた。

「ワサビがようなついとるて、美鈴さあが言うちょった」

「部屋を貸しとるこの子がえろうおとなしいて、けんどええ若い衆じゃてよろこんじょった」

「美鈴さあも独り暮らしが長いけんのう」

「なあ、おめえさん。美鈴さあにようしちゃってな」

いきなり振られて面食らいつつ涼風はうなずいた。

「おめえさん、一本木《いっぽんぎ》の高浜のところに毎日通っちょるんじゃろう？」

涼風はふたたび肯定の仕草で応じる。

「あの子ぉも変わったことをはじめたけんのう。どうかの、なにか困ったことは起こらんじゃったか？」

シェアオフィスで困ったことはとくにない。強《し》いて言うなら、目の前のそのひとがいるだけで緊張してしまうくらいだ。

ちら、と長身の男を見やり、ふたたび涼風はうつむいた。

すると、藍染は苦笑の気配を交えつつ皆に言う。

「そろそろおひらきにしましょうか」

なにげない口調なのに、周りにいる人達はいっせいにうなずいた。

「そうじゃそうじゃ」

「ぼちぼち帰らんといけんのう」

「またのう」と皆はなごやかに手を振ってばらけていく。

まるで手品を見ているみたいだ。涼風は茫然《ぼうぜん》としてその光景を眺めるばかり。

藍染への信頼度と、彼のもたらす影響力はこれほどまでに大きいのか。

感じ入るあまり、しばし呆《ほう》けて立っていたが、そのあとようやくわれに返った。

「ぼ、僕もこれで失礼します」

自転車にまたがったままお辞儀をして、地面についていた足をペダルに置き替える。直後に彼が話しかけた。

「どうやら巻きこんでしまったみたいで悪かった」

「あ……。いえ」

「きみはこの町の人達にとても好かれているんだな」

「そう、ですか？」

好かれるようなおぼえなどまるでない。涼風は不思議な気分で首をひねった。

「さっきの話を聞かせてもらって、きみが住んでいる下宿先の暮らしぶりが少しだが想像できた。きっときみは美鈴さんというひととも、ワサビという猫とも打ち解けて生活しているのだろうね」

「あ……はい」

愛想ないことこのうえない返事だったが、藍染は気を悪くしなかった。続けておだやかに話しかける。

「きみの下宿はどんなふう？」

「その……昔ながらの一軒家です」

「昔ながらか。たしかにこの島は時間の流れを感じさせないところがあるね」

「はい」

「最初は戸惑うこともあった？」

「はい」

「たとえばどんなこと？」

「そうですね……いままで当然と感じていたシステムがいっさいここにはないこととか」

「不便に感じる？」

「いいえ」

自覚はあるが、なんとも弾まない一問一答。こんな会話で相手が楽しいはずはない。

涼風は居心地悪さと相手への申しわけなさに苛《さいな》まれつつ、ぼそぼそ応じているしかなかった。

「どうして、いいえ?」

「それを上回るよさがあるからだと思います」

「よさとは?」

このあたりに差しかかると、まるで聞き取り調査の様相を呈してきた。会話術をおぼえることなくこれまで暮らしてきたことが、しみじみと悔やまれる。

「自然とか、島の人々のおおらかさとか」

「きみはこの島が好きなんだね」

そうだろうか。涼風は心の中で自問した。

自分はこの島が好きなのか?

「……好きだとか、そういうのはわかりません」

考えて、正直なところを言った。

誰かを、なにかを好きだなんて、そんなことはいままで想ったことがない。

「わからない?」

「はい」

「だけど、きみはこの島が気に入ったから、少なくともなにかしらのいいところを感じたからここに移ってきたのじゃないか？」

涼風は返事ができずに視線を落とした。

「涼風くん？」

相手が訝《いぶか》しく感じる気配が伝わってくる。なんとかしなければと思うけれど、頭の中に浮かんでくるのは彼がさっき言った台詞だ。

——少なくともなにかしらのいいところを感じたからここに移ってきたのじゃないか。

そうじゃなかった。

涼風の心の中で声がする。

そんな理由で自分はここに来たんじゃない。

ここに来たのは……この島まで逃げてきたのは……。

もはや取り繕《つくろ》う余裕もなく、ペダルにぐっと力をこめる。

「し、失礼します」

それだけ言うと、ハンドルを斜めに切って、この場を離れる。

こんなことをしてしまえば、明日彼と会ったときにきっと気まずい。それは承知で、だけど自転車を漕ぐ動作はとめられなかった。

涼風は彼の傍から少しでも遠ざかろうと必死に自転車を走らせて、しかしまもなく耳のすぐ横で声がした。

「きみ。待ってくれ」

「……えっ」

驚くあまりペダルから足が離れる。その拍子にハンドルもおかしな方向に曲げてしまい、立て直しもできないで自転車ごと転んでしまった。

「涼風くん⁉」

今度の叫びはもっと後ろのほうからだ。

面食らって、涼風はまばたきする。

すぐ脇で声がしたように思ったのに。それはただの錯覚だった……?

倒れた自転車の下敷きになったまま地面の上からそちらを見やれば、藍染は自分よりも十数メートル離れた場所から駆け寄ってくるところだ。

「大丈夫か?」

混乱していて、事態がまだよく呑みこめていなかった。茫然としているうちに、近くに来た藍染は涼風の身体の上から自転車をどけてくれる。

「怪我《けが》はないかい?」

道の端に自転車を移動させた藍染は、そう言いながら身を屈《かが》めこちらのほうを覗きこむ。

その段で、ようやく涼風は自失から戻ってきた。

「は、はい。怪我は……っ」

言いかけて、顔をしかめる。身動きすると右足首が痛かった。

「ちょっと見せて」

藍染が膝をつき、涼風の足首に手をかける。コットンパンツをまくられて、そこに軽く触れられると、思わず「……う」と呻《うめ》きが洩れた。

「捻挫《ねんざ》かもしれないな。まだ腫《は》れてはいないようだが」

藍染は足首をそっと離すと、やおら涼風に背を向けた。

「乗って」

「……はい？」

「それでは歩けないだろう。俺がきみをおぶっていくから」

見えない位置にいるとは知りつつ、大きく横に首を振った。

「そら早く」

「え……でも」

「おんぶが嫌なら、きみを横抱きにして運ぶつもりだ」

つまりは二択。横抱きされるか、おんぶされるか。

窮地におちいった涼風は究極の選択のひとつを選ぶ。

「あの……おんぶでお願いします」

「よし。じゃあ乗って」

藍染は涼風を背に負うと難なくその場で立ちあがり、元来た道を歩きはじめた。

「あの。すみません。重いのに」

しばらくのちに、おずおずと当たり前のことを言えば、彼は「いいや」となんでもなさそうに返事する。

「重くない。きみはもう少し食べたほうがいいんじゃないか」

「……ごつごつしてて、すみません」

「そういうのでもないんだが」

どう返そうか悩んでからつぶやくと、彼はどこか面白そうな声音で言った。

「誰かをおんぶして歩くのは初めてだ」

「そ、そうですよね。すみません」

「いや……」

彼はなにか言いかけてから、真面目《まじめ》な調子で言葉を継いだ。

「そんなにあやまらなくていい。むしろそうすべきは俺のほうだ」

「え……？」

「きみを追いかけて転ばせた」

「あ、いえ。僕が勝手に転んだんです」

涼風が自転車ごと倒れたとき、この男はかなり後ろの場所にいた。転倒の責任は藍染ではあり得ない。

「なぜか……空耳が聞こえた気がしたんです」

彼はそれには応答せずに、黙々と歩みを進める。やがて、小山通りの近くまで戻ったあたりで、ようやく停車中のライトバンが見つかった。そちらに近づき、藍染はその脇に立っていた男のほうに声をかける。

「あの、少しいいですか。彼が怪我をしたんですが、この近くに病院はないでしょうか?」

藍染がたずねると、肌に長年の日焼けと皺とを刻んだ男は「それならこれで運んじゃるわ」とふたりに乗るよううながしてくる。

「病院はすぐそこじゃけえ」

さほどもかからず到着したその場所は、都会にあるそれとは違って、平屋造りの建物だった。

涼風は藍染の助けを借りて車を降りると、運転席の男に向かって深々と頭を下げた。

「ここまで運んでくださって、本当にありがとうございました」

「いやあ、困ったときはおたがいさまじゃ」

照れくさそうに頭を掻《か》くと、男は窓の向こうから「気いつけてな」と手を振って、ふたたび車を発進させる。去っていくライトバンを見送ってから、ふと涼風は思ったことを口にした。

「いいひとでしたね」

「そうだな」

「藍染さんも」

「え？」

「さっきのひととおなじです」

彼はつかの間黙っていたあと、涼風の足のほうに視線を落とした。

「痛いだろう……診察してもらおうか」

目を伏せた彼の表情は涼風には読み取れない。けれどもよろこんでいるふうには思えなくて、馬鹿な台詞を悔やむ気持ちが湧いてきた。

「すみません……」

「いや」

藍染は引き結んだ唇をほどいて言った。

「きみは、まっさらな状態なんだな」

彼の言葉が理解できず、涼風は目を見ひらいた。そのあとはなにを思う暇もなく、ふいに身体が宙に浮く。

「……わっ」

気づいたときには彼に横抱きにされていた。

「じっとしていて。待合室に入るまでだ」

今度はおんぶではなく、男に抱かれて診療所の扉をくぐる。

待合室にいた老人たちが目を丸くして見守るなか、藍染は悠々と涼風を運んでいくと、そこのベンチにそっと下ろした。

「診察が終わっても、ここで待っていてほしい。車をこの場所まで持ってくるから」

いいね、と間近から視線を合わせて念押しされて、涼風はこくこくとうなずくしかできなくなった。

◇　◇

医師に診てもらった結果、怪我は軽い捻挫だった。

一週間ほど湿布をして無理せず過ごせば治る程度。シェアオフィスには休み休みゆっくりと歩いていけば通えるだろう。

涼風はそんな気持ちでいたけれど、実際にはそのとおりにはならなかった。

下宿の一階で、美鈴さんと朝の食事をしていると、彼女がおもむろにたずねてくる。

「今日もお迎えが来るかのう」

「はい、たぶん」

「ほんに、ありがたいことじゃのう」

「……そうですね」

確かにありがたい。しかし、手放しではよろこべない。

あれから五日が経って、足の怪我は快方に向かっている。家の中を歩くくらいのことであれば、ほとんど支障がないくらいだ。

これならひとりでもシェアオフィスに通っていける。元々あのひとのせいではないのに、これ以上の送り迎えは申しわけない。

そう思う涼風は、しばらくのちに車で来た藍染を迎えると、遠慮がちに切り出した。

「その。今日は自分で歩いていけると思います。これまで本当にありがとうございました」

「いや、礼はいいいんだが」

藍染は戸惑った顔をしている。

「まだ足はよくなっていないだろう？」

「大丈夫です。もう痛くありませんから」

「そう？」

「はい」

涼風が自転車で転んだ日、藍染は文字どおりおんぶに抱っこで診療所に運んでくれた。それのみか、自分の責任だからと言って診察費まで払ってくれ、取ってきた自分の車で下宿先にも送ってくれた。しかも今日まで、シェアオフィスへの送り迎えも。

もう充分。さらなる迷惑はかけられない。

「もしも迷惑と思っているならその心配はいらないよ」

まるで心を読んだようなことを言う。

「きみが足を捻挫したのは、そもそも俺のせいだから」

そうじゃないと涼風は思ったけれど、このやり取りはすでに何回かくり返している。困って彼を見あげると、彼もまた困った顔で両手を広げた。

「俺が踏みこみすぎている。だからきみを戸惑わせる。その自覚はあるんだが……」

いつもは自信に満ちている男なのに、いまはなんだか手も足も出ないといったふうだった。

「それじゃあ今日だけ。これきりで迎えはやめる」

なんと言っていいかわからず、迷いの見える彼の様子を眺めていると、じんわりと心のなかに本音が浮かんだ。

本当は……足はまだ少し痛い。迎えに来てくれたのはありがたい。けれども迷惑をかけるのは申しわけない。

自分が戸惑っているのは、こんなにも親切にされたことは初めてだから。どんな態度でいればいいのかわからないのだ。

「……そんなふうに見ないでくれ」

藍染がまいったと言わんばかりに首を振った。

「おかしな気分になってくる」

おかしな、とはどういうことか。もしかして、気を悪くさせたのか。

さらに困って、立ちすくんだままでいたら、ふいに坂道の下のほうから風が吹きあげ、涼風の前髪を散らしていった。

「……あ」

反射で額に手をやると「待ってくれ」と止められた。

「もう少し。そのままでいてくれないか」

そのままとは、目の前にいるこのひとに自分の額や両目を晒《さら》すことだろうか？

それくらいはなんでもないが、彼が向けてくる視線の強さが困惑を呼んでしまう。

「あの……はい」

けれどもこのひとが望むなら、そうしてもいいと思う。こうして自分を隠してくれる前髪の覆いもなしに彼の視線を浴びるのは少しばかり不安だけれど、いつも親切なこのひとが言うのならそのとおりにしていたい。

涼風は前髪を下ろさずに手を離した。すると、彼が間近から眸《ひとみ》を覗きこんでくる。

「あたたかな色をしている。それに、眸も眉のかたちも綺麗《きれい》だな」

これは褒められたということだろうか。なんだかどこかがくすぐったい気分がする。

「いま、笑ったか？」

「あ……いいえ」

「いや、笑った。ほんの少しだが確かに笑った」

そう言われたが、自分は笑っていないと思う。むしろ、なんだかうれしそうなのはこのひとだ。

「涼風くん」

「はい」

「やっぱり明日もオフィスまで送っていく。あさっても、その次も。きみが完全に治るまで俺が送り迎えをする」

いいね、と念押しされて、涼風は以前診療所の待合室でしたように、うなずくしかできなくなった。

◇　◇

「おはようございます」

「おはよう、涼風くん」

今日も藍染は涼風の下宿先に迎えに来ている。あれから二日が経ち、三日が過ぎて、さらに半月近くになって、それでも彼は朝晩の送り迎えを欠かさない。

もうとっくに足はよくなりました。わざわざここまで寄り道するのはご迷惑になるでしょうと涼風は言ったけれど、迷惑なら来ないよと簡単にいなされて、結局藍染とは毎日二回おなじ車に乗っている。

それでこのことが毎日の習慣になるにつれ、彼への態度にもずいぶん変化が表われてきたようだ。

以前なら近づいてくるだけで緊張しまくっていたというのに、いまは車の助手席であれ、彼がいるときのシェアオフィスであれ、多少そわそわする程度のものだった。

「今日は午後から外に出てくる。四時半くらいには戻ってくるから」

「はい」

藍染の仕事がなにかは知らないが、彼はずいぶん忙しくしているようで、シェアオフィスにいるときにはブース席で集中していることもしばしば。相手と直接の対話が必要になったときには、オフィス内にある通話室にこもっている。

しかも、洩れ聞こえてくる高浜店長との会話では、彼はここの町役場とも交流し、さまざまな情報交換を試みているらしい。

対して涼風は九時から六時のデスクワークで、決まりきった日常だ。シェアオフィスではいちばん奥のブース席、下宿先では二階のひと間。たまにはワサビのおやつやちょっとした日用品を買うためにスーパーまで行く。美鈴さんは高齢だから、食事は頼んでいるけれど、基本的に風呂と二階の掃除は自分でしているし、休日はまとめ洗いの洗濯と、庭の草むしりと、一階の床掃除も定期的におこなっていた。

ようするに、判で捺《お》したかと思えるほど変化のない毎日だ。こんな暮らしは、藍染のようなひとにはさぞ退屈と見えるだろうに、なぜか彼はこちらの生活に興味を持っているらしい。

行き帰りの車内でたまに交わす会話はおおむね涼風のことばかり。藍染は自分に関してはほとんどなにも言わないで、美鈴さんやワサビのことなどをさりげなく聞いてくる。

こちらが受け答えしやすい話題を選んでくれているのはわかって、なのに会話はさして弾まずすぐに途切れるていたらく。気まずいやら申しわけないやらで、涼風はしばしば身の縮む思いがしていた。

「インスタントカメラ、ですか?」

しかし今日は帰る途中の車のなかで、意外なことを藍染が言い出した。写真を撮って自分に見せてほしいというのだ。

「あれならネット環境がないところでも画像が写せる。すぐにプリントできるのも簡単でいいかと思うが」

設定はしておくから、シャッターを押すだけでいいと言う。涼風は少し困って首を傾《かし》げた。

「だけど……なにを撮ればいいんでしょうか」

「なんでも。きみが撮りたいと思うものを」

自分が写真に残したいもの。あえて印画紙に写してまでとどめたいもの。それはいったいなんだろう。

「せっかくですけど」

おずおずとだが切り出したのは、自分にはとうてい無理だと感じたからだ。

「僕にはとても……」

「写したいものがない？」

「はい。たぶん」

涼風がそう言うと、彼はむずかしい顔をしてしばらく黙っていたけれど、美鈴さんの家が近くなったころ「そうだ」とひとりごちてから、あらためて案を示した。

「猫はどうだ？」

「猫って……ワサビさんのことですか？」

「ああ。きみはあの猫が気に入っているんだろう」

否定する理由はないので、素直にうなずく。彼は頬《ほお》を緩ませて「よかった」とつぶやいた。

「きみにも撮りたいものがあって」

不思議な気がして涼風は小首を傾げた。

彼は自分に日常のひとコマを掬《すく》いあげてみろと言う。

そして、そうしたい事柄がひとつでもあったことをよかったと言う。

だけど、どうしてそんなふうに思うのだろう。このひとにはなんの益ももたらさないのに。

「たんなる好奇心だよ」

仕草から気持ちを読んだか、彼がそう告げてくる。

「どんなものか少し興味を持ったから」

「猫に興味があるんですか？」

一拍置いて、彼はうなずく。

「まあ、そうだ」

確かにペットとして飼われている小動物はめずらしいといえなくもない。少なくとも自分はそうだったが、やはりこのひともめずらしいと思うのだろうか。

「わかりました。撮ってきます」

生真面目に請け合うと、彼がまた微笑《ほほえ》んだ。

「そんなに硬くならなくていい。ブレていても、写真からはみだしてもいいからね」

「はい」

こんな流れで猫の撮影をまかされることになった。涼風は後部座席に積んでいたカメラを渡され、いつものように乗せてもらった礼を言うと、美鈴さんの家に戻る。そして、これもまた普段どおりに彼女への帰宅の挨拶を済ませると、二階にあがって自分の部屋に入っていき、座卓の上に貸してもらった機器を置いた。

するとほどなく少し開けた襖からさきほど話題にあがった相手が現れて、涼風の腿《もも》に頭を擦《こす》りつけた。

「あの、ワサビさん。ちょっと頼みたいことがあります」

膝の上に乗ってきた猫にそう切り出した。

「まずはこれを見てください」

座卓に置いたカメラを取りあげ、猫の頭上にそれを掲げる。

「これはインスタントカメラといいます。写真を撮る機械です。これでワサビさんの写真を撮ってもいいでしょうか」

人語を解するわけではないが、お伺いを立ててみる。ワサビは涼風の膝から下りると、すぐ目の前でゆっくりと手足を伸ばした。

これを撮ればいいのだろうか。涼風はカメラを構え、シャッターボタンを押してみた。すると、数秒後には機器本体から白いフィルムがせりあがる。

「真っ白……」

失敗したのかと思っていれば、そこに画像がじわじわと浮かんでくる。カメラでなにかを写したのは初めてなので、どきどきしながらフィルムの変化を見守った。まもなく伸びをするワサビの姿がくっきり写り、知らず鼓動が速くなる。

「すごいです」

普段耳にする自分の声の響きより大きくなっているのがわかる。

猫の画像をもう一度見て、胸のなかにちいさな泡がいくつも浮かぶ感覚を味わった。

これはなんだろう。この気持ちはなんだろう。

涼風は「ワサビさんが写っています」と思わず声を弾ませながら、欠伸《あくび》をしている猫に向かって写真を振った。

◇　◇

次の日、涼風がオープン席で昼食を摂っていると、シェアオフィスに戻ってきた藍染が近寄ってきた。

「あ。おかえりなさい」

なにげなくそう言うと、彼が一瞬目を瞠《みは》る。馴《な》れ馴れしくしてしまったと気がついて、涼風は目線を下げた。

「すみません」

彼は「いや」とつぶやいたあと、目を細めて告げてくる。

「ただいま」

「あ……はい」

なんとなく据わりが悪い気分になって、うなずいた。

「この席に座っていいかい？」

涼風の向かいの席に視線を落として彼が聞く。涼風はもう一度おなじ仕草をしてみせた。

「食事の手を止めてしまったね。どうぞ続けて」

テーブル席の正面に腰を下ろした藍染がうながしてくる。

「はい。あの、藍染さんは？」

「俺は、あとから」

そうなのかと彼を見る。今日の藍染はワイシャツとネクタイとスラックスの姿だから、外向きの仕事をしているのだろうか。対する自分はＡＩが勧めてこないのをいいことに、チェックのシャツにコットンパンツ、スニーカーという専門学校でよく着ていた服装ばかりを選んでいる。いかにも垢抜《あか》けない自分の格好にくらべて、彼には大人の風格があり、見ているだけでこちらまでなんとなく晴れがましい気分になる。

こういうのをなんと表現するのだろう。考えて、ひとつの単語を思いついた。

素敵、だ。このひとは素敵なんだ。

ぴったりくる言葉が見つかり、涼風は満足しつつ彼を見つめる。すると相手はまばたきしたあと、いつになく歯切れの悪い調子で言った。

「その。きみは……そう、やっぱり俺も食事にしよう」

言って、そそくさと席を立つ。

「料理を頼んで戻ってきたら、あの写真を見せてくれ」

藍染が向かった先は高浜店長のいるカウンター。店長は彼になにか用件があったらしく、オーダーのあとそこで会話がはじまっている。涼風はブース席にいったん戻り、デスクに置いていた写真を携えて引き返した。

猫の写真を撮ったことは朝の車内で伝えてあった。そのとき藍染は——午前中は用事があるが、昼には戻るから——と言ったのだ。インスタントカメラのほうはいま渡されても困るだろうから、今日の帰りに返すことだけ話しておこう。

そんなふうに段取りをつけ、涼風は手にした画像に視線を落とす。

四角い画面いっぱいに伸びをするワサビさんは、少しユーモラスな感じがして、見ていると腹のあたりが温かくなる。

「なに見てんの、地味っ子くん」

いきなり背後から声をかけられ、驚いて振り向いた。

「なんかずいぶん楽しそうじゃん。いつもはこそこそ衝立の陰に隠れてるってのに」

ずけずけと言ってきたのは、確かウェブマガジンのライターをしている男だ。一カ月前、高浜店長からそんな紹介をされていた。室尾《むろお》はにやにや笑いながら涼風の手元を覗きこんでくる。

「なにこれ」

「あっ」

写真を強引に摘まみ取り、それに一瞥《いちべつ》くれたあと、室尾はハッと吐き捨てた。

「いまどきインスタントかよ。さすが、旧石器時代のムラ」

返してくださいと言おうとして、すぐには言葉が出ないまま口だけがひらいて閉じる。室尾はますます馬鹿にした顔になり、

「しかも、ブス猫。汚《き》ったねえの。マジ紙の無駄遣い」

それを聞くと、さっき腹が温かくなったとのはべつの熱さが湧いてきた。その熱に動かされて、今度はちゃんと「返してください」と声が出る。

「は。なんだそれ。いっちょまえに文句かよ」

室尾は摘まんでいた写真を持ち替えるや、手のなかで握りつぶした。

「ほら。返してやるよ」

くしゃくしゃになったインスタントフィルムがテーブルに落ちてくる。

「きみ……！」

咎《とが》める口調を発したのは、涼風ではなくいつの間にか戻ってきていた藍染だった。

「ひとのものを、失礼だろう」

「失礼って」

鼻で笑うと、室尾はさっさと踵《きびす》を返した。肩で藍染にぶつかってからカウンターのところに行くと、店長にメニューの文句をつけはじめる。

「こいつは嫌いなんだって、前にも俺は言っただろう！」

「だけど、ランチはそのメニューで。ここにも書いてあるでしょう」

「そんなのは知ったことか！　俺はアレルギー持ちなんだ。そういうのにも配慮するのがメシ屋の常識ってもんだろうが」

「あーあ、またか」とつぶやいたのは隣のテーブル席に座るシェアオフィスの借り手だった。

「だったら、こっちのカレーはどうです？」

「そんなまずいものはごめんだ！」

歯を剝《む》き出して室尾が嚙《か》みつく。大声に涼風の肩がすくんだ。

「やだねえ。まるで駄々っ子だ」

室尾には聞こえないほどの音量で、さきほどつぶやきを洩らした男と同席している相手が言う。

このときには施設内にいるほぼすべての人間が手を止めて、カウンターの成り行きを眺めているようだった。

「こんなど田舎《いなか》でも、いちおうはシェアオフィスを名乗ってるんだろ。それならフォーシーイングシステムくらい装備しとけよ！」

「フォーシーイングシステムって、無茶言わないでくださいよ」

「なにが無茶だよ」

ここにいたって、さすがに腹に据えかねたのか、いつもはおだやかな店長がきっぱりと言いきった。

「無茶は無茶です。フォーシーイングシステムが必要だったら、この島ではないところでどうぞ」

「なんだと⁉」

怒りにまかせて室尾が拳《こぶし》を振りあげる。高浜はそれでも臆することはなく、室尾を正面から見据えている。

「うわ」と誰かの声が聞こえ、次に起こる事態を予想し、室内の緊張が高まったとき。

いきなり室尾の腰が砕けた。

店長がなにかしたわけでも、言ったわけでもない。なのにその場に尻餅《しりもち》をつき、室尾はぽかんと口をひらいた。

そのさまを見て、室内からこらえきれない失笑がいくつか起きる。

「ク、クソッ……」

室尾は真っ赤な顔をして立ちあがった。

「やってられるか。こんな店のメシなんかいらねえよ」

捨て台詞でカウンターを離れると、室尾は室内から姿を消した。

いっときの脅威が去って、ほっと涼風は息をついた。

おおごとにならなくてほんとによかった。そう思いつつ藍染を見あげたら、微苦笑を浮かべた彼が言ってくる。

「とりあえず静かになったな」

「はい」

「俺はランチをもらってくるよ。好き嫌いはとくにないしね」

少しばかり面白そうに言い残し、藍染がそちらのほうに歩いていく。

これでいちおう騒ぎは鎮まった態《てい》だけれど、室内はまださきほどの余波が残っているようで、あちこちからさざめきが洩れていた。涼風がくしゃくしゃにされてしまった写真の皺をのばしているときも、途切れないその会話が近くから聞こえてくる。

「あいつ、毎度うるさいよなあ」

「ウェブマガジンのライターだっけ。三カ月の契約で来たってのに、いいネタが摑《つか》めなくてイラついてんだよ」

「そりゃ、この島じゃ無理だろう。なんにもないのがここのいいところだし」

「そ。フォーシーイングシステムとか言ってたけど、ネット環境もままならないこの島で、高望みもいいとこだろ」

「でもなあ。そこまでの高望みはしないけどさ、俺の民宿、水一杯飲むのにもわざわざ流しで蛇口ひねってはめんどくさい」

「ん、それわかる。やっぱ、いっぺんでも味わった便利さは使えないと不満っつうか」

「来月あっちに戻ったときには、なにも言わないでもメシが出て、風呂が沸いてて、着ていく服がセットされててにはちょっと感動するかもな」

「なにおまえ、来月か。いいなあ、俺なんか当分ここだよ」

「この店にもあのシステムが入らないかな。いちおうネット環境はあるんだし」

「そりゃ無理だろ。あれはただのＩｔｏＴじゃないんだし」

「膨大なデータありきの予知システムか。そんでもなんとかならないのかなあ。クラウドからサーバーに降ろしときゃ、って、そいつに対応する機器がなけりゃおなじことか」

このシェアオフィスを必要としている彼らは、リモートワークではたらいているだけあって、電子情報には詳しいようだ。ひとしきりシステムの運用や、現状の不満などを語り合っていたあとで、ふいにそのうちのひとりが言った。

「そもそもの話だけどな。フォーシーイングを最初に構築したのって誰だろうな」

「誰って、そりゃシステムの開発者だろ」

「だからさあ、その開発者が何者かって」

「ああ。そういや、噂《うわさ》があるんだけどな」

そこまで聞いたとき、ふいに藍染の声がした。

「待たせたね」

「あっ、はい」

いつの間にか噂話に聞き耳を立てたふうになっていた。そのことを恥ずかしく思いつつ、藍染がランチの皿をテーブルに置き、その前に座るのを待つ。

「きみの皿はすっかり冷めてしまったが、取り替えてもらうかい」

「ああ、いえ」

とんでもない。これでいいです。そう言おうとした瞬間に、またも隣の発言を自分の耳が拾い取る。

「開発者がセンチネル？　って、あの超感覚者とかってやつ？　だけどそれってほんとなのか。公式データにゃないだろう」

「まあ、たんなる噂。だけどなんだかそれっぽい感じだろ」

「ぽいってなんだよ、そういうオチか」

涼風はいつしか自分の拳を握り、うつむいていたらしい。藍染に「どうした？」と声をかけられ、ハッと顎を振りあげる。

「食事が進まないのなら、デザートでももらってこよう。さっき、店長がシフォンケーキを焼いたところだと聞いたから」

藍染はおだやかさ以外のものをその表情に浮かべてはいなかった。

それは当然で、彼はなにも知らないのだ。

けれども自分は……自分は『それ』の……。

「あ……あの。僕は、その」

なにをどう繕えばいいのだろう。わからないまま涼風の腰が浮く。

「少し、用事が」

立ちあがって、ほとんど手つかずのランチの皿を取りあげると、カウンターの返却台に戻しに行く。そのあとブース席に取って返すと、バックパックに荷物をまとめ、一目散《いちもくさん》に施設の出口に向かっていった。

＊

大慌てで逃げ出した涼風をテーブル席で見送って、藍染は内心でため息をつく。

間が悪いと思いはするが、自分もいずれ彼にあの単語を聞かせずにはいられないのだ。

センチネル。あの青年の不安の根源。

いま、彼はどんな気持ちでいるだろうか。

ウサギのようにおびえて逃げたあの青年は、いまごろどんなに怖がっているだろう。

それを思うと、すぐにあとを追いかけて彼をなだめてやりたくなった。

大丈夫だ、怖くはない。この俺が傍にいるから。

そこまで考えて、自嘲《じちょう》に頬をゆがませた。

この俺が、か。

藍染は食べる気のしなかったランチの皿を手に取ると、戻し場所まで持っていった。すると、店長が寄ってきて、ほかには聞こえないようなちいさな音量でささやきかける。

「ずいぶん怖がっていましたねえ」

「無理はないさ」

彼の恐怖はもっともで、しかも誰も代わってやれない。

「それにしても、さっきの話。開発者がセンチネルって噂ですか。いいところを突いていますね」

「噂はいつも無責任な風評にすぎないものだ」

「それにしても、結構ひやっとしましたよ。あの人達、藍染コーポレーションという名称を知らないわけじゃないでしょう」

「以前聞かれた。フォーシーイングの会社と同名ですかとね。偶然ですねと答えておいたが」

「まあ……そうでしょうね。二十九歳のあなたがまさかと思うでしょうから」

返事はせずに軽く肩をすくめると、カウンターから離れてブース席に向かっていった。そして椅子を引く前に、いまは空っぽになっている場所を眺める。

あの青年のせいではないのに、おびえてこの島まで逃げてきて。そしてさっきも。

それを気の毒だと思う資格は、最初から自分にはないのかもしれないが。

彼の可愛がっているあの猫が、少しでも慰めになればいい。いまの自分にはできないこと
でも、あの猫ならしてやれるだろう。

＊

藍染に無礼な態度とは思ったが、それをじっくり省みる余裕はない。涼風はほとんど小走りで下宿に戻っていったので、着いたときにはすっかり息が切れていた。

家に入ると、いつにはなく挨拶を省略して二階にあがる。そうして自室に入っていくと、ぴったりと襖を閉ざし、押し入れから出してきた寝具を頭から引きかぶった。

そうして布団饅頭《まんじゅう》と化したまましばらく丸まっていたけれど、すぐ近くから猫の鳴き声がしたのには驚いた。

「え、もしかして……?」

わざと隙間を残さなくても、この猫は自分で襖を開けられる?

気づいたものの、それでも布団を出る気はせず、涼風はくぐもる声で断った。

「すみません。いまは遊ぶ気分じゃなくて」

それなのに、布団バリアをものともせずに猫は器用に狭いところをかいくぐると、自分の鼻面《はなづら》を目いっぱい寄せてきた。

「あの、ワサビさん？　そんなに押さないで」

思いのほかに力が強い。濡《ぬ》れた鼻面のみならずほぼ全身で押しまくられて、たまらずのけぞる。それでも攻勢はやむことがなく、ついに涼風は白旗を揚げざるを得なくなった。

「わかりました。もう降参です」

強い不安も、理由のない焦燥感も決して消えてはいなかったが、温かい小動物を抱いていれば少しはましかもしれなかった。

涼風はこもっていた布団からもぞもぞと這《は》い出した。姿勢を変えて敷布団の上に座ると、すかさずサビ柄の猫が膝に乗ってくる。

「今日の僕は変だって心配してくれたんですね。だけど理由があるんです」

ぼそぼそ洩らして、手触りのいい背中を撫でると、なにかが胸に込みあげてきた。

誰かにこの気持ちを洩らしたい。胸につっかえたままでいるこの塊を吐き出したい。

その想いに抵抗できず、涼風は膝の上の猫に言う。

「あの。僕は……ガイドってものだそうです」

こみ入った模様の毛皮を眺めつつ、涼風は独語する。

「ガイドといっても、案内人のことではないです。一般的なそれではなくて、ある特定の人間をみちびく役割を果たすひとです。ガイドになるのは先天的な資質だそうで、けれども僕は大人になってからその能力に目覚めました。そういう例もないことはないそうです」

あの日倒れた涼風は病院で気がついたのち、まもなく退院することができはしたが、それで終わりとはならなかった。

退院前に病室にやってきた専門機関の担当官という人物は、涼風に驚くことを告げてきたのだ。

——僕が……なんですって？

——きみはガイドです。入院中にその資質が検知され、当機関に報告がありました。

いきなりの出来事に心の準備もなにもなく、涼風は混乱し、動揺するばかりだった。

——なんのことかわかりません。僕はそんなものじゃないです。

——データに間違いはありません。近日中に当機関を訪れて講習を受けてください。これは法律で定められた市民の義務です。

涼風に逃げ場はなく、退院後は専門機関から呼び出しをかけられて、やむなくそちらに行かざるを得なくなった。

そこで各種の検査をされ、座学として講習も受けさせられた。そこで涼風がおぼえたのはおおむねこのような事柄だ。

ガイドになる人間は希少種で、ミュートと呼ばれる一般人とは違うこと。ガイドの能力に目覚めた、あるいは早々に自覚のあった人間は政府が定めた義務と権利とを有し、保護観察の対象になること。涼風のように大人になってからその能力を発現する人間はレイタントと呼ばれ、そうした事例も少数だが皆無ではないこと。

また、ガイドの義務のひとつとして専門機関からの定期的なメンタルチェックを受けねばならず、その結果によっては医療施設での受診が必要とされること。

それとこれは最重要事項のなかに入っていたが、外部からの干渉が遮断できるシールドのやり方を学んでおくこと。こちらは必須項目であり、これをマスターしておけば自分の心を常時守れるはずだった。

あとは……。

「ガイドの役割がなんのためかを聞いたときにはさすがに驚かされました。その……センチネルという五感に突出した能力を持つ人間がいて……そのひとをガイドが補助していくんだそうです」

その単語を口にするのはたとえ自分独りのときでも抵抗がある。自分が発した言葉が『それ』を呼びそうで怖いのだ。

「つねにガイドを持てる『それ』は、社会の成功者に多いそうです。政治家とか、財界人とか、著名な活動家とか。『それ』のなかでも能力値のランクが高い人達は、並の人間とは、まるで赤ん坊と大人くらいの差があるそうです。ときどきはその能力を悪用するひともいるようですが、たいていは社会のトップにのぼりつめていくんです。『それ』の人々は、当然ですけど頭もよくて。自分の能力の使いどころを知っていれば、たやすいのはわかりますけど」

苦笑ともなんともつかず、涼風は唇を歪ませる。

「でも、そんな人達にも弱点があるんです」

独りごちて、涼風は膝で欠伸をひとつした小動物の背中を撫でた。

「その能力を使いすぎると、オーバーランを起こすんです」

個人によって差はあるが、行使する能力の限界値を超えてしまうと自分では引き返せない領域に至り、五感のすべてが損なわれ、いわゆる廃人になる恐れが多分にある。

そうした状態はゾーンと呼ばれ、その折にはセンチネルの意識を含む感覚すべては深い闇の底にいる。そして、彼らは自分自身の意思や力ではそこから決して戻れない。

そのときセンチネルが頼りにするのはガイドしかいないのだ。

ガイドだけがセンチネルを現界に引き戻すことができる。どんな深い意識の底にももぐっていき、その相手を案内しつつともに現実の世界に戻る。

その能力があるからこそ、そのほかはまったく平凡な人間でもガイドは貴重な存在なのだ。

「ガイドって、実際にはなにかができるわけじゃないんです。だいたいは、ただ『それ』をサポートするだけ。世間的にも力のある『それ』の人々とはまったく違う。僕なんかとは雲泥の差があるんです」

この歳で、突然自分がガイドであると知らされて、ただただ涼風は怖かった。自分にしてみれば、センチネルは自分を攫《さら》いに来る魔物とおなじだ。

「僕には……ガイドなんて務まりません」

涼風はワサビを膝からそっと下ろすと、もう一度上掛けを頭から引っかぶった。そうして絞り出すような声音をこぼす。

「……僕はただこうして生きているだけです。生きて、そのうち死ぬだけの存在です。誰かのために生きるなんて……想像もできません」

◇　◇

翌日、涼風は迎えに来た藍染に「すみません」と頭を下げた。

「昼食を一緒に食べるはずでしたのに、途中で帰ってしまいました」

「ああいや、いいんだ。あやまるようなことじゃない」

藍染が「どうぞ」と助手席のドアを開け、涼風を座らせてから、自分も車内に身を入れる。

そのあと紙片をこちらのほうに差し出した。

「写真をありがとう。とてもよく撮れていたよ」

皺の寄ったインスタントフィルムには手足を伸ばす猫の姿が写っている。涼風はそれを受け取り、ちいさな声でふたたび詫びる。

「せっかくカメラを貸していただいたのに、すみません」

「気にしなくていいんだよ。さっきも言ったけど、きみのせいではないからね」

「カメラはこのバッグに入れています。本当にありがとうございました。車が着いたらお返しします」

藍染はなにか言いかけ、口を閉ざした。そのあとしばらく経ってから、おもむろに話しはじめる。

「その写真を撮ったとき、どんなだった?」

「どんな、とは」

「面白かったとか、もっと撮ってみたいとか」

涼風は少し考えてからつぶやいた。

「あの……この写真を見たときには、腹のなかが温かくなりました」

「そう?」

「はい。猫の身体ってずいぶん伸びるものだなあって。それでなんとなく」

藍染はひとつうなずいてから、言葉を継いだ。

「それはよかった」

そう言われて、涼風の心のなかにその言葉がすとんと落ちた。

なるほどそうか。これは『よかった』ことなのだ。

写真を撮って、このひとにそれを見せて『よかった』と言ってもらった。

自分の心の内側には消せない不安もあるけれど、好ましい出来事もちゃんとある。

「はい。よかったです」

口にすると、今朝までの怖さが少しだけ薄らいだ。

このひとと一緒にいるのも、それは『よかった』ことなのだろうか。

そんなふうに思いながら精悍な横顔を見つめると、彼はごく低くつぶやいた。

「よく伝わる。だから……なのかな」

「はい？」

はっきりとは聞き取れずに問い返せば、彼は口調をあらためて言う。

「カメラは返さなくていい。当分きみに貸しておくよ。またきみが撮りたいものを見つけたら、それを俺に見せてくれ」

◇　◇

不思議なことに、センチネルという単語をふいに聞いてしまい、あの晩は自分がガイドであることを知った晩に気持ちが戻されてしまったけれど、藍染と行き帰りをともにしておなじ時間を過ごしていると、沈む思いもだんだん浮上してくるようだ。

もっとも取り立ててなにがあったというわけではなく、涼風はシェアオフィスと下宿の往復を続けていたし、藍染は相変わらず施設を出たり入ったりと忙しくしているらしい。

そんな毎日が一週間ほど過ぎたころ、ブース席で作業中の涼風の端末に一件のメールが届いた。送信先は政府の機関で、重要度は最高。当日中の返信をうながすものだ。

涼風はやりかけていた作業を保留モードにし、届いたメールを開封した。

すると、予想していたとおり、期限ごとにおこなわれるメンタルチェックの文書が画面に映し出される。そこには今日から三日以内に専用アプリにアクセスするよう書かれていて、少し迷いはしたもののいずれやらねばならないならと、そちらに移動するボタンを押した。

すると、ほどなく電子プログラムがはじまって頭にＶＲのヘルメットが現れた。

《涼風唱さまですね。こんにちは。これから簡単な質問をいたします。問いへの答は声に出してしても出さなくてもかまいません。お聞きする文章は画面に示していますので、質問の途中でも回答は可能です》

脳波を読み取るタイプのアプリは、頭の中だけで会話が成り立つ。涼風が直接脳内に響いてくる若い女を模した声を聞いていれば、相手は涼風の健康状態に関することと、いまの気分がどのようなものかを項目にしたがってたずねてきた。
《はい。これで質問はすべて終了です》
ひとつひとつに回答したのち、女の声がそう言った。
《このことに関することでご質問はございますか》
いいえ、ないですと返事しかけて、涼風は思い直した。
《少し、聞いてもいいですか》
《はい、どうぞ》
《その。僕はガイドだということでしたが……えっと。具体的にどうすればいいんでしょう》
《ガイドはセンチネルのサポートが主な役割となっております。センチネル規定第一条三項、ガイドはセンチネルからの要請があった際、すみやかにその助力に就かねばならない》
相手はすらすらとそう言った。
《ご不明な点があれば、再度規定をダウンロードいたしますが》
《いえ。それはもう持っているからいいんですけど。あの。僕が『それ』、じゃなく、その、センチネルに遭遇する場面というのはどのくらいの確率であるんでしょうか》
《そのご質問は担当外になりますので、いまから該当の部署にお繫ぎいたします》
その返事があり、ややあってからふたたび女の声がする。
《涼風唱さま、お待たせいたしました。さきほどのご質問に関しましての回答でございます

が、確率は未知数でございます。遭遇する場面については、ケースバイケースと申しあげるほかございません》
《それはつまり、偶然に左右されるということですか？》
《一般的にはそうです》
《一般的とは？》
《通常という意味です》
《では、通常ではないこととはなんでしょうか》
《それにつきましてはケースバイケースと申しあげるほかございません》
質問への回答がくるりと戻って、涼風はため息を洩らしてしまった。
《それではもうひとつ。僕がこの島に居つづければ『それ』に遭う確率は低くなるわけでしょう。それとも強制的な呼び出しがかかるんですか？》
《それにつきましては、最初の講義でお伝えしたとおりです。ガイドは基本的な人権が保障されます。たとえ呼び出しがかかっても拒否する権利を有します。一般的にはそれを主張することも許されます。ただ、ガイドのサポート行為は人命救助にひとしいものです。罰則はございませんが、よほどのことがないかぎり拒否は推奨できません》
《拒否はできるんですね？　じゃあ、僕がガイドになるのは嫌だ。一生この島でただの人間として暮らしたいと主張したら？》

涼風は専門機関で講義を受けたが、実際には身体や精神の検診、それに適性テストなどが主なもので、知識としていまでもはっきりおぼえているのは、ガイドはセンチネルをサポートすべき存在であること、日常生活ではシールドを張るすべをおぼえてトラブルを防ぐこと、そのあたりにとどまっていた。

《さきほどお伝えしたとおりです。あなたには呼び出しを拒否する権利があります。あくまでも一般的な場合には。そして、それについての罰則もございません》

《はい》

《ただ、センチネルはガイドの助力を欲しています。センチネルはガイドと親しく触れ合うことで精神の安定が見られます。ガイドとともに過ごす時間が長ければ長いほど、触れ合う頻度が多ければ多いほどセンチネルの能力は増大する傾向にあります。これはいままでの事例から導き出された事実です》

《でしたら、センチネルにとって、ガイドとは生きている精神安定剤なんでしょうか？　それとも携帯できる能力の増幅機器みたいなものですか？　それに、具体的にはどんなふうに力をあたえたり癒したりするんでしょうか》

《センチネルは超感覚といえるほど突出した五感を身に備えています。個々の程度の差こそあれ、そのことが基本です。ただし、彼らも人間です。センチネルも人間、ガイドも人間。それゆえにケースバイケースと申しあげるしかございません》

また回答が元に戻った。涼風が本当に知りたいことは、ガイドでなくなる方法だが、それは最初の講義のときに――ガイドの資質はセンチネルとおなじように生まれ持った力だから、消すことも他人に譲ることもできない――そのように教えられた。

《そのほかにご質問は？》

涼風は気が重いまま《いいえ。ありがとうございました》と引き下がるしかすべはなかった。

◇　◇

それでも回答を得られたことで、自分の不安の原因がはっきりしたように思う。

ブース席で頭《こうべ》を垂れて涼風は考える。

センチネルはもちろんそうだが『一般的な場合には』も、ものすごく気にかかる。それからあの『ケースバイケース』の言葉も。

思ってみれば、センチネルとガイドを取り巻く環境は、かなり曖昧な部分がある。

規定は一見しっかりとしているし、ガイドは法的に守られているという。しかし、それも『一般的』という裁量の範囲内ではないだろうか。

本当は『ケースバイケース』で、呼び出しを拒否できない場合だってあるかもしれない。

無茶ぶりをされることもあるのじゃないか――などと思うのはたんなる考えすぎなのか。

だが、たとえそのことが自分の取りこし苦労としても、それこそ『一般的には』センチネルとガイドとが親しく触れ合い、ともに過ごす時間が長ければ長いほどセンチネルの能力は増大するはずなのだ。だったら日常的にそれを求めるセンチネルがいたとしても不思議はない。

そして、社会的に無力なガイドが、そのとき拒否できる状態なのか。

自分の不安もじつはそれが大きいと思うのだ。

いつかは自分にも呼び出しがかかってきて、誰か知らないセンチネルのサポートに行くのだろうか。

もしそのひとのサポートがとりあえずはなんとかなっても、それ以後はどうなるのか。自分はふたたびこの島に帰らせてもらえるのか?

勝手に帰るのは許さない、引き続き一緒にいろと言われたらどうしよう。

それは嫌だと、心の声がとっさに返す。

ここは逃げこんできた先だけれど、いまの自分には大切な場所なのだ。

どうか誰も自分を呼び出しませんように。そして、そのときが『一般的な場合』であって、自分に拒否権がありますように。

「涼風くん」

知らないうちに自分の想いに深く沈んでいたらしい。横から声をかけられて、ビクッと肩が跳《は》ねあがる。

「あ、はいっ」

藍染はいつもより硬い表情になっていて、口早に告げてくる。

「今日はすまないが、急ぎの用件が入った。たぶん午後六時までには戻ってこられないと思う」

「あ……それは、もちろん大丈夫です」

「ありがとう。それと、前もって伝えておくが、今夜は雨風がずいぶん強くなりそうだ」

意外なことを告げられて、涼風は目を見ひらいた。

「いらないことをと思うのかもしれないが、下宿先の雨戸は閉めて。夜分の外出も控えてほしい」

「はい。そうします」

戸惑いながら承知すると、藍染は「それじゃ、気をつけて」と出ていった。

ひとりになった涼風は、自分の席で首をひねる。

これはどういうことだろうか。

藍染がそう言うのなら、天候のゆくえには気を配るが、わざわざ外出を制止するほどのものなのか。

彼の意図が掴めないまま今日のぶんの作業が終わり、美鈴さんの家に戻った涼風は、その疑問を彼女に話した。

「あの。今晩天気が悪いって聞いたんですけど、本当でしょうか」

「そら本当じゃ。晩から雨になるんだと、昼のテレビでも言うとった」

「雨風がずいぶん強まる感じですか」

「いんやあ。そこまでは言うちょらんかったのう」

しかし、藍染が適当な話をしたとは思えなかった。

「いちおう、なんですが。家の雨戸を全部閉めて、早めに食事と風呂とを済ませてもらってもいいでしょうか」

「そりゃあ……大きな台風が来るみたいじゃのう」

「違うかもしれませんが。僕はそうしたいんです」

「聞いたっちゅうひとの話を信じてか？」

涼風は美鈴さんの顔を見て「はい」と言った。

「そんなら、そうせにゃあならんのう」

それからふたりはいつもより早々と風呂を沸かして、入浴後の夕食時には国営放送のテレビを観た。

「今晩は曇りのち雨、それだけですね」

「ほうじゃのう」

この島だけの降雨情報はそもそもなく、雨が降るとしかわからない。

雨戸も閉めたし、それ以上は警戒のしようもないしで、いちおう今夜は持ち出し袋の準備だけして寝ようとなった。

食事ののち、涼風は二階の部屋に引きあげて、持ち出し袋の準備をはじめた。

どうしても持っていきたい私物などはほとんどない。周りを見回し、そう思っていたけれど、自分を追いかけて二階にきた猫を見て、ああそうだと気がついた。

「ワサビさん。ペットシーツと、カリカリと、水が要ります。あと、おやつもあればいいですか？」

それで、自分のすべきことがはっきりし、涼風は一階に引き返した。美鈴さんに声をかけ、猫を入れるキャリーバッグと、そのほかもろもろの支度をする。

そうやってするだけのことを済ませ、着替えはしないで眠りについた。

「う……ん……」

寝入ってどのくらい経ったころか、涼風はふいの物音に目が覚めた。

そんなことをしなくても、来客を告げるボタンを押せばいいのに。そうすれば、モニターに相手の姿が映し出されて……。

半分寝ぼけてそこまで思い、涼風は目を開けた。

違う。ここは都心のワンルームじゃない。下宿の二階で、いまは夜更けだ。眠い目を擦りつつ、涼風は布団の上に起き直った。

誰かが玄関を叩く音は続いている。

「……ワサビさん。藍染さんの予想が当たったみたいです」

部屋に来たサビ柄の猫に言うと、涼風は持ち出し袋を手に取った。

「一階に下りましょう」

早足で階段を降りていくと、美鈴さんがちょうど玄関の引き戸を引くところだった。

開けた先には果たして藍染が立っている。

「夜分に失礼。ですが、この地区に避難勧告が出されました」

美鈴さんと廊下に立つ涼風の姿を見て言う。

「すぐにこの家を出て最寄りの小学校に行ってください……と言いに来たわけなんですが、予測しておられましたか」

「うちの子ぉがそうゆてのう」

うちの子とは自分のことだ。こんな際なのに、涼風は胸にやわらかなものを感じた。

「賢明です。それでは急いで。俺の車に乗ってください」

藍染のうながしに、ふたりはすでに用意していた荷物を持って彼の車に乗りこんだ。

「いったいどうなっちょるのかのう」

後部座席の美鈴さんの問いかけに、車を発進させながら藍染が返事する。

「この雨風で近くの川が危険水位に達しました。この家も土砂崩れの恐れがあるから避難したほうがいいと」

それでは、このひとはそれを知ってわざわざ迎えに来てくれたのだ。

「あ、ありがとうございます」

藍染は前を見たまま涼風の礼に応じる。

「こちらこそ、ありがとうだ」

「え？」

「日中はただの予感だったから、はっきりとは言えなかった。無駄に不安がらせるにはおよばないと思ったから。なのに、俺の言葉を信じて準備をしてくれていたんだな」

「あ……その。もしかしたらと思って。僕だけじゃなく、美鈴さんと決めたんです」

「そうか」

ハンドルを操りつつ藍染が微笑する。

「家はきっと大丈夫だ。ひと晩の避難だけで帰ってこられる」

このひとがそう言うなら、それはきっと本当だ。

「はい。藍染さん」

そののち、避難先である小学校に着いたとき、藍染は美鈴さんの荷物のほとんどを持ってくれた。そして、車からこの地区の避難場所になっている体育館に到着すると、役場が町民に配布するマットレスや毛布などを取ってきて、ふたりと一匹がそこに落ち着いていられるように整える。それから藍染は自分が着ていたジャケットを脱いで、涼風に羽織らせた。

「雨で濡れたろう。風邪《かぜ》をひかないようにこれでもかぶっていてくれ」

「え。でも」

「あとで取りに戻るから。どこにも行かずにここにいて」

風雨が涼風の前髪を散らしていた。間近から目線を合わせてそう言われ、思わずうなずく。

「こうしてきみの目を近くで見るのはひさしぶりだな」

ふっと笑った彼の腕が伸びてくる。そうして男の長い指が涼風の頬に触れた。とたん、ビリッと身体が痺《しび》れた。

触れられた指先からなにかが自分に流れこむ。いや、自分のほうが彼に注いでいるのだろうか。ふわっと身体が浮くような、なんとも不思議な感覚に襲われて、涼風は切れ長の男の眸を見つめるばかりだ。

長いような、あるいはずいぶん短いような時間のあとで、藍染はぼそりとつぶやく。

「……もらいすぎだ」

それからおもむろに指を離し、曲げていた膝を伸ばした。

「またあとで」

言うなり長身を翻《ひるがえ》し、藍染は館内を大股に進んで行く。そうしてまもなく町役場の職員だろうジャンパー姿の男たちと話し合っていたあとで、彼らと外に出ていった。

涼風は彼が見えなくなったのち、ほうっと息をついてから、隣に座る美鈴さんに問いかけた。

「寒くないですか?」

「毛布があるけえ大丈夫じゃ」

顔色もさほど悪くはなさそうだが、いつもより表情が硬かった。

深夜の避難で不安がないわけはない。涼風は自分がなにをできるかを考えた。

――どこにも行かずにここにいて――と藍染は言ったのだ。ならばここにいたままでできることとは。

どうすればと迷ったとき、涼風はかつて聞かされた講義の内容を頭に浮かべた。

人間そっくりに見えるようにつくられたホログラムの教官は、たったひとりの受講者である涼風にこのように伝えてきたのだ。

――ガイドは一般人と基本的にはおなじです。しかし、ガイドにも優れた部分がひとつあります。

――それは、なんですか。

――共感能力です。ガイドが自分に張りめぐらせているシールドをいっとき緩め、他者の不安を汲《く》み取り、それを癒そうと念じれば相当な効果をもたらすことができます。

――でも、シールドを緩めると、自分がガイドであることがほかのひとに知られませんか。

――たとえシールドを緩めても、ミュートと呼ばれる一般人にはわかりません。ただ。

──ただ？

──センチネルにはあなたがガイドということが伝わるでしょう。センチネルにとって、ガイドである人間がシールドを緩めたまま暮らしているのは、大声で自分が何者であるのかを叫んでいるのとおなじです。往々にして不用意な出会いは、互いにとっての不利益をもたらします。ガイドであるあなたは、他者がいる状況では日常的にシールドを張って暮らすよう推奨します。

それを聞いて、涼風は震えあがった。

不用意にシールドを緩めるのは、ガイドはここだとセンチネルにわめいているのとおなじこと。

それをいま、こんなにもたくさんのひとがいる体育館でできるのか。

センチネルはここにはいない。この島の人間がセンチネルのはずはない。だけど……もしも『それ』がこの避難所に紛れていたら？

やっぱりやめようと涼風が考えたとき、キャリーバッグでワサビが鳴いた。

ハッとしてそちらを見やり、ついでワサビの飼い主である美鈴さんの顔も見る。

いつも元気に涼風の世話を焼いてくれた彼女は、いまはずいぶんと疲れた顔で、寒そうに身を縮めている。

ああそうだと涼風は視線を落とした。

──ガイドはセンチネルと違って、超感覚は持っていません。普通の生活をしているかぎり、ミュートと呼ばれる一般人とおなじです。

普通とはなんだろう、そう涼風は考える。

自分にやさしくしてくれた人達が傍にいて、なにもしないでいることなのか。

そう考える自分の脳裏に、またも過去のひとコマがよみがえる。

──シールドを張っていればセンチネルに知られませんか。

──それは、センチネルの能力次第といえるでしょう。多大な力を持つセンチネルならあるいは。もしくは特殊な事例の場合、たとえシールドを張っていても繋がることがあるでしょう。

──特殊な場合？

──よほど相性がいい場合です。つがいと呼ばれる相手同士は共感能力が桁違《けたちが》いにあがります。しかし、自分のつがいとめぐり合える可能性はコンマ一パーセントに満たないものです。

あの会話のとおりなら、こそこそ隠れていたとしても、絶対なんてことはない。例外は必ずある。

だからもういい。いまでもやっぱり怖いけれど、それ以上にこの島の人達を助けたい。

涼風はまずは自分の心を鎮め、おのれのまわりに張りめぐらせたシールドを解除する。それからゆっくりと美鈴さんの手に触れて、その目を見て静かに言った。

「大丈夫です。風雨はやがておさまります。またすぐに家に戻れるはずですから」

それを本当に信じて伝える。すると、彼女はほっと息を吐き出して「ほんにそうじゃの」と表情を緩ませながらつぶやいた。

「明日になれば、なんもかんもおさまるのう」

「はい。かならず」

それからゆっくりと腰をあげる。

「ちょっと待っててくださいね。僕、ほかの人達のところを回ってきますから」

涼風は深夜に避難してきて、不安そうなお年寄りたちの傍に行っては声をかけた。

彼らの心を汲み取ろうと意識して、そっと相手に触れることで不安をなだめるイメージを注ぎこむ。多くを語る必要はなく、ささやかな声かけと、スキンシップと、うなずきとで、相手は心が鎮まってくるようだ。

孤独と、この先のことへの不安。彼らの悩みの本質は涼風にも手が出せないが、今夜ひと晩せめて怖がらずに過ごしてくれたら。

そんな気持ちで避難してきたお年寄りのところをめぐり、どれくらい経っただろうか。

ひととおり回ったかと思ったとき、新たに老女が運びこまれた。彼女は独り暮らしをしていて、ここに来る前に飼い犬がはぐれてしまったということだ。

「紐《ひも》を持っちょったつもりじゃったが、いつの間にかいのうなった」

ぎりぎりまで家を出るのを渋っていたが、ようやく避難する気になって、ここに来るその途中で飼い犬と離れ離れになったのだ。

「迷うて、あの子は川に落ちたかもしれん」

「それは……」

大丈夫とも言いかねて、涼風は絶句した。

いまからその犬を探しに行く？　だが、風雨の増すこの闇の中、犬が見つかるものだろうか。これは気分の持ちようではどうにもならない。涼風はその犬の特徴を彼女から聞き「わかりました。探してみます」と立ちあがった。

「……と、その前に美鈴さんに」

説明せずに姿を消しては彼女に心配をかけてしまう。そちらに行こうと姿勢を変えたその直後、長身の男がこちらに歩いてくるのに気がついた。

「藍染さん……」

彼は町役場の人達と同様のジャンパーを身に着けていた。そのジャンパーも、髪もびしょ濡れになっている。

「どこに行く」

なにも言わないうちからそう聞かれ、涼風は驚いてまばたきした。

「えっと」

「手を」

真剣な表情でうながされ、拒むことも思いつかずに腕を出した。藍染は自分のそれで涼風の手のひらを握りこむ。と、その刹那自分の肌が粟立《あわだ》った。

「……っ⁉」

しかしそれは一瞬だった。

藍染は涼風から手を離すと「俺が連れて戻るから、きみは外に出ないでくれ」そう言い置いて広い肩をめぐらせる。

残された涼風は茫然とその姿を見送るしかない。

自分は彼に言葉でなにも伝えなかった。

なのに自分がなにを求め、なにをしようとしていたのか、すでに知っているかのようだ。

「どうして……？」

つぶやく涼風は、けれどもこれだけはわかっていた。

藍染はきっとその犬を連れて戻る。

そう確信し、涼風は床に座りこんでいる犬の飼い主に向き直った。

「大丈夫です。あのひとが犬を連れてきてくれます。それまでここで休んでください。僕、毛布をもらってきますから」

＊

それから数十分後。藍染がはぐれ犬を見つけ出し、体育館の靴脱ぎ場まで戻ってくると、シェアオフィスでは顔馴染みの人物が待っていた。

「お疲れさま。無事に犬を探し出してこられたんですね」

さすがと言いかけ、高浜店長は口を閉ざした。それから咳払《せきばら》いをひとつして、

「僕も彼が気になって、ここまで来てみたんです」

そう告げて、体育館内部の様子を覗きこむ格好をする。

「しょんぼりしているか、怖がっているんじゃないかと思いましてね。だけどあれ……あそこを見てくださいよ」

高浜の視線を追うと、体育館の床の上に座りこんだ青年が目に入る。

羽織っているジャケットは彼にはかなり大きくて、ほっそりした体格を強調していたけれど、いまは少しも頼りなく見えなかった。どころか、温かなその気配は遠目に眺めてもわかるほど、彼とその周りをつつんでいる。

思わず藍染が見惚《みと》れていると、横から高浜が言ってくる。

「あの子、ああやって避難してきた年寄りたちを見舞ってるんです。いちいちああやって、膝をついて、目線を合わせて。で、そうされた年寄りたちがほっとするのがここから見ても

わかります」

あの子、成長しましたねえ……としみじみした口ぶりの高浜は、すでに親モードに入っているかのようだった。

「最初はあんなにびくびくしていたってのに。この前あなたに見せたという猫の写真を僕も見せてもらったんです。もういっぺん撮り直しをしたんですよね。可愛いねえって僕が言ったら、ほんのり彼が笑ったんです。そっちも可愛くて、感動しました」

「……あの様子だと、さらに共感能力が高まっているようだ」

あえて話をずらして言うと、相手は肩透かしを食らった顔でうなずいた。

「え、ええ。それはいいことなんでしょう？」

藍染は首を振る仕草で肯定してみせる。

「あの子も明るくなってきたし、目的どおりにもなっているし」

そこまで高浜が言ったとき、体育館に戻ってきた町役場の職員が大声を張りあげた。

「あっ、もしかして、その犬。見つけてくださったんですか⁉」

藍染は「そうです」と、持っていた犬のリードを差し出した。

「この犬をお願いします。俺はもう少し外での作業を手伝いますから」

恐縮する職員にリードを手渡し、高浜に会釈すると、藍染はふたたび夜の雨風に自分を晒した。

「……目的どおり、か」

確かに自分が意図したとおり、彼の共感能力は最近とみに高まってきたようだ。このあいだ手に入れた能力値――少し前に、彼が受けたメンタルチェックの裏側で採取したデータ――によれば顕著な上昇傾向を表わしていた。

いまはもっとガイドとしての能力は高くなっているのだろう。

それに最近、彼の雰囲気は明るくなった。いまでは控えめな笑顔を見せることもあるし、向こうのほうから話しかけてくることもある。

自分の傍でリラックスした様子を見せ、身の回りの出来事もぽつぽつしゃべる。それに、今夜などは曖昧に伝えていたにもかかわらず、こちらの言葉をそうと信じて避難の支度も済ませていた。

高浜の言い草ではないけれど、自分もまたそんな彼を可愛いと思わないではいられない。

そして、今夜のあの光景。

彼は当人が思いこんでいるよりも、はるかに強い人間だ。

大勢の人間がいる中でシールドを解く。その意味を彼は知っているだろうに。

怖くても、あえて他人のために尽くせる。

彼は怖がりで、自分自身を主張しないが、芯は強い人柄なのだ。

あの青年は可愛くて、いじらしい。献身的な行動に感心することもできる。能力値もこのままいけば、最優秀のガイドにまで到達することだろう。

しかし自分は――彼のガイドの力はいらない。

彼の温かなあの光も、健気《けなげ》なほど純真な心根も……過度には必要ないものだ。

＊

翌日は嵐が去って、またも日常が戻ってきた。風雨の被害としては、屋根の瓦《かわら》が飛んだり畑の作物が傷んだりはあったらしいが、土砂崩れや洪水は起きないで済んだようだ。

避難先の体育館で具合の悪くなるひとも出ず、この日の昼下がりには全員が帰宅できた。

涼風も下宿先に戻ったが、自分の部屋は雨漏りがしていたようだ。

とりあえず布団を干して、そこらあたりを拭いて回る。そうこうしているうちに夕方になり、そろそろ食事の手伝いをと考えたころ、来るとは思っていなかった男がこの家を訪れた。

「公民館で炊き出しがあったからもらってきた」

握り飯だと、藍染が持っていた袋を手渡す。

「あ、ありがとうございます」

「美鈴さんの調子はどうだ？」

言っているうちに当人が部屋から出てくる。彼女は藍染に礼を言い、あらためて体調を聞かれると、大丈夫と請け合った。

「いまはもうなんともないけえ。ゆんべは、この子ぉが元気づけてくれたでのう」

藍染は「なるほど」と唇の端をあげると、涼風に向き直った。

「きみもずいぶん頑張った」

「いえ。僕なんて」

それよりも、と涼風は丁寧に頭を下げた。

「あの犬のこと、ありがとうございました」

藍染が見つけてきた迷い犬は、飼い主とはぐれたあと主人を探しているうちに、川土手の立ち木のところにリードを引っかけてしまったらしい。時間ごとに水位を増していく川で、もう少し見つけるのが遅かったら命があやうかったという。

「出た先でたまたま見つけた。結果的に力になれてよかったよ」

あっさりと彼は言って肩をすくめる。それからふたたび美鈴さんに視線を向けて、

「ところで、この家は雨漏りがしているのじゃないですか」

「はあ、そのとおりじゃが」

「町役場ではその対策も進めています。早ければ明日にでも修理の者を来させますから」

「それはまた、えろうありがたいことじゃのう」

美鈴さんは目を丸くして、藍染を見返している。彼はなんでもないように言葉を足した。

「修理についてはほかの家もしていることで、遠慮はなさらず。それに、本格的な手直しは仮処置が落ち着いてからになります」

藍染の台詞に、美鈴さんも涼風も茫然とうなずくばかりだ。

「それじゃ明日」

藍染は言ってから、涼風のほうを見る。

「きみのほうで困ったことは？」

「いえ。僕はべつに……」

言いかけて、聞きたいことを思いついた。

「どうしてこの家が雨漏りをしていると気づいたんです？」

「簡単だ。さっき見たら、庭先に布団を干していただろう。濡れた理由はそれしかないと考えた」

だとしても、そこからの処置に行き着くまでが速い。

藍染が去ったあと、ふたりは顔を見合わせて、しみじみ感想を洩らし合った。

「えろう段取りのええひとじゃのう」

「はい。すごいです」

「なんにせよ助かることじゃ」

本当ですと涼風は心から同意する。

そして、そのあとは吹き散らされた庭の片づけや家のまわりを確認しているうちに日が暮れて、その次の日の午前中には藍染が軽トラックとライトバンに分乗する男たちを連れてきた。

「美鈴さん、すみません。二階の部屋にあがらせてもらってもいいでしょうか」

彼女に断って、藍染は男たちを案内する。

「こちらの部屋です。それと、涼風くん。きみは修理が終わるまでよそにいてくれると助かる」

「わかりました。僕はシェアオフィスに行っています」

「ああ、頼むよ」

涼風がバックパックを手に階段を下りていくと、藍染もその後ろをついてくる。玄関で靴を履いて振り向くと、彼はこちらを見下ろして口をひらいた。

「あらためて言わせてもらうよ。おとついはお疲れさま」

「あ、いいえ。僕はなにも」

「そう？　だけど、きみは体育館でみんなを励ましていたらしいが」

「あれは、その。ただそれだけです」

「だけどきみは怖がっていたんじゃないか？」

藍染が言っているのは、強い雨風で避難しなければいけなかったことだろうか。

まさか、シールドを緩めるのを恐れていたとは、気づきもしないはずだったが。

「ええ、まあ、そうです」

曖昧に返事をすると、藍染は微笑んだ。

「自分が不安なときに、他人を労《いた》わる行動をする。それには勇気が必要だろう?」

藍染は、一拍置いて言葉を足した。

「きみは心の強いひとだ」

涼風は驚いてまばたきした。

そんなふうに褒めてもらえるとは思わなくて、とっさに言葉が出てこない。

「俺はこの島に来て、いろんなきみの姿を見た。そのひとつひとつが……」

言いさして、藍染は急にそっぽを向いてしまう。

「ともかく、きみは興味深い人間だということだ」

話が飛んで、すぐさま理解できなかった。

さっき褒められた気がしたが、それは勘違いだったのだろうか。

「興味深い、ですか?」

おずおずと聞いてみたら、藍染は視線を戻してにやりと笑う。

「面白いということだ」

「あ……はあ」

そうとしか返事ができない。

これはやっぱりからかわれているのだろう。

「シェアオフィスに行っておいで」

どうしようかと思っていると、彼がやわらかくうながしてくる。

「帰ってきたら、もっと面白くなるかもしれない」

思わせぶりな台詞だったが、じょうずにその意味を聞き出すすべは自分にはないものだ。

「いってきます」と会釈して、結局なにも言えないまま家をあとにするしかなかった。

そうして庭に出て、自転車に乗り、シェアオフィスにたどり着くと、涼風は施設の入り口をくぐっていった。

カフェのところには高浜店長がいつもとおなじにはたらいていて、こちらの姿を目にするや朗《ほが》らかな笑顔を見せる。

「おとついの大雨は大変だったね。僕のところは避難するほどでもなかったんだが、条野のほうは勧告が出たみたいだね」

「はい。美鈴さんと猫と一緒に体育館に」

「そうか。それで、美鈴さんは大丈夫？」

「はい」

「家のほうも？　結構被害が出たように聞いたけど」

「二階に雨漏りが。ですが、修理に来てくれました」

「へえ、さっそく。手回しがいいんだね」

「藍染さんが修理のひとを連れてきてくれたんです」

「ああそうか。あのひとだったら、処置の速さもうなずけるね。町役場にもずいぶん顔が利くみたいだし」

呑みこみ顔で言ったあと、ところでと話題を変える。

「涼風くんは今日は六時まで？」

「はい、そのつもりでいますけど」

「だったらさ。途中で抜けて、なにか飲み物でも持っていってあげないか」

涼風は「あ」と目と口を同時にひらいた。

「本当ですね。そんなことにも気づかなくて」

うかつな自分が恥ずかしい。

「すみません。お願いしてもいいですか」

「うん。それなら飲み物はなににしようか」

問われてすぐには思いつけず、右に左に視線を揺らした。

「その。なにか……」

「さっぱりしたもの？」

先読みで答えてくれて、ほっとしつつうなずいた。

「じゃあ、レモネードをつくろうか。この島特産のレモンはとても美味《おい》しいんだよ」

「ありがとうございます。それがいいです」

数を聞かれて頭のなかで計算したあと、店長にそれを告げる。

「じゃあ六つだね。時間は……どうしよう。いまからつくる？」

ここから家まで戻っていくのに自転車で約十五分。上り坂で飲み物の袋を提げていくのなら、もう少しかかるだろう。

「はい。お願いします」

涼風が言ったとき、入り口のドアがいきおいをつけてひらいた。

「おっ、地ー味子ちゃんじゃん」

足音荒く入ってきたのは室尾だった。

「この大雨で流されてなかったのかよ」

「室尾さん」

悪絡《わるがら》みをするとみた店長がたしなめる声音を出した。相手はハッと吐き捨てる。

「まあいいや。持ち帰りの弁当をつくってくれ。いますぐに。五分以内だ」

無茶な室尾の言い草にさすがに困った顔になり、店長は「それは無理かな」とやんわりと断った。

「なんでだよっ」

「先に入ったオーダーがあるからね」

「そんなのいいだろ。いますぐつくれよ！」

「そんなわけにはいかないよ」

言い争いの気配が強まり、涼風はあわてて横から口を添えた。

「あ、あの。僕のほうはあとでもいいので」

すると、室尾は勝ち誇った顔になる。

「ほーら見ろ。地味ーがあとでもいいってさ」

店長は大きなため息を吐き出してから、少し怒った声音で言った。

「もう。涼風くんに感謝しなよね」

「感謝って、なんで俺が」

返事する気をなくしたのか、店長はそれ以上相手にせずに調理台のコンロに向かう。

室尾のほうは涼風のところまで足を運んで「ふうん」とジロジロ眺め回していたけれど、なぜかそれ以上絡んではこなかった。ほどなく涼風の傍を離れ、オープン席の利用客をむやみに睨《にら》みつけているうち弁当ができたようだ。

「はい、お待たせ」と声がかかり、手提げ袋に入った弁当を受け取ると、室尾は店長に捨て台詞を投げつけた。

「俺はいまから隣の島に移るからな。こんなど田舎で雨漏りのするようなとこ、まともに暮らしていられるか」

店長は黙って料金をレジに入れると「毎度どうも」と抑揚なく口にする。そうして、室尾が出ていってから肩をひとつすくめてみせた。

「やれやれだね。あのままずっと隣の島に居つづけてくれればいいよ」

ぼそっと洩らすと、あとは調理に専念し、まもなくオーダーができあがったとこちらに知らせる。

「遅くなってごめんね」

「いえ、そんな」

「持ち帰りのコップに入れておいたけど、自転車だと持って帰るのはむずかしい？」

車で出前しようかと申し出てくれたけれど、涼風は辞退した。

「大丈夫です」

「そうかい？　じゃあ気をつけて」

大丈夫と言ったものの、六つのカップが入った袋を自転車の前カゴに入れて乗るのは不安が残る。もし自分の不注意でこぼれたら。そう思えば、あとはゆっくり自転車を押して帰るしかなくなって、坂道をそろそろ進んで行く暇に、結構時間がかかっていたようだった。

「あの。これをどうぞ」

下宿に戻り、二階にあがると、すでに雨漏りの修繕は終わりの段階に入っているようだった。涼風が作業服の男四人にレモネードを勧めると、脚立と工具を片づけていた彼らがこちらに寄ってくる。

口々に礼を言う男たちに涼風も礼で返し、それから残りの飲み物の渡す先をたずねてみた。

「あの。藍染さんはもう帰られたんでしょうか？」

「ああ。あのひとならば、ここの下におらすけえ」

言われて涼風が階下に行くと、美鈴さんの部屋から話し声がしている。

聞きおぼえのあるこの声は彼のものだ。

少し迷って、飲み物が冷たいうちにと襖の前から声をかける。

「すみません。あのう、そちらに藍染さんは」

「ああ、ここだ。入っていいよ」

涼風は「失礼します」と襖を開けた。

室内には、座卓を挟んで美鈴さんと藍染とが座っている。

「お話し中にすみません。あの、レモネードをもらってきたので」

袋からふたつ取り出し、それぞれの前に置く。美鈴さんは「わたぁにもかい」と驚いた顔をしたあと笑顔になった。

「ありがとなあ」

「あ。いいえ」

「ここまで自転車で運んできたのか？　それは大変だったろう」

「そうでもないです。前カゴに入れてきたので」

なるほどと藍染がうなずいて、それで終わりかと思ったが違っていた。そのあと彼は妙なことを言ったのだ。

「世話をかけたが、今後は飲み物の調達も俺がするから」

「はい？」

いまのは聞き間違いだっただろうか。

面食らいつつ黙っていたら、彼はさらに告げてくる。

「これからは、俺も客ではないからね」

彼がなにを言ったのか、すぐには意味が呑みこめない。

客ではないとは、いったいどういうことだろう。

悩んでいたら、藍染が澄ました顔で言葉を足した。

「今日から俺はこの家の下宿人だ。さっき、こちらの美鈴さんに承諾をもらったんだ」

思わず涼風は美鈴さんの顔を見る。彼女は同意のうなずきをしてみせた。

「俺は明日の午前中に引っ越してくる。これからはおなじ下宿人同士、助け合ってやっていこう」

にわかに二階の住人が増え、涼風はひどく戸惑ってしまったが、いざ同居がはじまると、思ったよりも日々はスムーズに流れていった。

◇　◇

朝は一緒に食事をし、藍染の運転でシェアオフィスに到着する。そこから涼風はいつものブース席に行き定時まで仕事をするが、藍染のほうはといえば自分の用件に応じては外にも出るし、通話室にこもりもする。しかし、午後六時にはこの施設に戻ってきて、涼風を下宿先まで送っていくのは以前とおなじ。

違うのは、昼をのぞく一日二食をともにするようになったことだ。しかも、それでわかったことだが、藍染は料理の腕はかなりのもので、今夜の献立も彼が食材を買ってきて調理した。

「いただきます」

三人で囲む食卓に並んでいるのは、チヌの塩焼きと、ホウレン草のおひたし。ナスと蒟《こん》蒻《にゃく》の味噌《みそ》炒めに、豆腐と卵の吸い物。それとこの島の棚田《たなだ》で実った炊き立てご飯と。

「旨《うま》いのう」

美鈴さんが感心して洩らすのに、内心で同意する。

こんな食事はかつてのワンルームでは考えられないことだった。備えつけのフードボックスの中からは時間を問わず調理済みの料理を取り出すことができたし、栄養管理もされてい

たが、ただそれだけのものだった。

「褒めてもらって光栄ですよ」

さらりと藍染はそう返す。そしてこちらのほうを見て、

「涼風くんも手伝ってくれたしね」

「僕は、そんな」

ナスを洗ったり、ヘタを切り取ったりの下ごしらえをしただけだ。

「だけど、つくる励みになったよ」

「え。そうなんですか？」

「ああ。もともと料理はしないから。この献立も今夜が初めて」

これには涼風だけではなく美鈴さんも驚いたようだった。

「それにしちゃあ、えらいうまいの」

感嘆した口ぶりで目を瞠る。

「レシピ本を読みましたから。紙の本を読んだのはひさしぶりだったけど、あれはあれで趣のあるものですね」

そんなわけでと藍染が言葉を足した。

「涼風くんが手伝ってくれるなら、いろんな献立に挑戦しますよ」

「僕が、ですか？」

「嫌かい？」

ちょっと考えて結論が出る。

「嫌ではないです」

「それなら、今度はレシピ本を一緒に読もう。紙の本をきみは読んだことがある？」

「いえ」

「あれはなかなかに興味深い感触がするんだよ。いろいろ取り寄せてみるつもりだから、きみにもよかったら貸してあげよう」

そんな話をしながらなごやかに食事を済ませ、食器の片づけも、それを洗うのもふたりでする。

流しに立った藍染は手慣れたふうに汚れた食器を洗っていき、涼風は洗ったそれを拭く係だ。

「濡れた食器を布巾で拭くのは初めてかい？」

涼風の手つきを見て藍染が問いかける。

「あの。前のところでは必要がなかったんです。いまの家では美鈴さんにおまかせしていましたので」

言いわけをした瞬間、皿が手から飛び出した。

「わ……っ」

とっさに拾おうとしたけれど、間に合わなくて床に落ちる。平皿は音を立てて欠片を飛ばし、一回転してようやく止まった。

「す、すみません……っ」

あわてて皿に手を伸ばしたら、指先に痛みが生じる。あれっと思ってそこを見れば、人差し指の内側に赤い色が湧いてきた。

「切ったのか。見せてみろ」

「ああいえ、平気です」

血玉ができたくらいのもので、たいした傷にはなっていない。なのに藍染は頬を硬くし、涼風の右手を内側に掬いあげた。

「あ……っ」

藍染が顔を伏せ、涼風の指先に唇をつけていた。

「たしかに深手ではなさそうだ」

硬直している涼風を尻目に藍染がそう言った。

「美鈴さんから絆創膏《ばんそうこう》をもらってこよう。きみはそのままここにいて。皿は俺が拾うから」

命じて、彼は涼風の横を抜けると台所を出ていった。

涼風は皿を拾うどころではなく茫然としたままに自分の指を眺めるばかりだ。

彼の唇がこの箇所に。しかも舐《な》めた。ためらわなかった。

固まったまま立ちつくす涼風は、まもなくやってきた美鈴さんと藍染に手当てされ、あとはやっておくからとふたりから台所を追い出された。

◇　◇

現在、美鈴さんの家の二階は、涼風と藍染とで使っている。いちばん奥の十畳間が涼風の部屋。廊下にいちばん近いのが藍染の寝室。そして真ん中の和室は、目下のところ藍染の本置き場になっていた。

彼はレシピ本をきっかけに、紙媒体に興味が湧いてきたようで、次から次へと本を増やす。シェアオフィスをネットで買った本の受取先にして、それを毎日持ち帰っては増やしているのだ。

気がつけば、ふたりのあいだにある部屋はすっかり書斎の趣を呈していて、夕食を終えたあとは、藍染の声かけで読書の時間を持つ習慣ができつつあった。

「ねえ、きみ。ちょっといいか」

「はい」

今晩も藍染に呼びかけられて、書斎に面した襖を開ける。彼は座卓の前に座り、卓上の本をこちらに押しやった。

「この本なんかどうだろう。もしよければ読んでみるかい？」

涼風が最近興味を持っているのは地方の歴史で、ことにこのあたりに関するものだ。礼を言って眺めれば、これも緒可島の地方史で、ずいぶんと古そうな冊子だった。

「あの、これは？」

「町役場の編纂室《へんさんしつ》で見つけたんだ。面白そうかと思ってね」

「貸してもらえるものなんですか？」

「まあそれは先方のご厚意で」

半分笑って彼が言う。含みを持たせた言いかたで、藍染は町役場では特別扱いなのだと知った。

「その冊子にね、ちょっとした伝説が載っていた」

聞くかい、と彼が言う。涼風はこっくりとしてみせた。

「いまから千年以上前、都の公達《きんだち》が罪に問われてこの島に流されてきたそうだ。帝《みかど》に叛《そむ》いた大逆罪だ。本来は即刻処刑されるところ、罪一等を減じられて都を放逐されたという。五人の貴族は無罪を訴え、何度も都に書簡をことづけていたのだが、結局誰も都には帰れなかった。満足な食べ物もなく、ぼろぼろの衣《きぬ》を纏《まと》い、貴人たちは失意のうちに過ごすことが耐えられず、みずから命を絶ったそうだ」

気軽に相槌《あいづち》も打てないで、黙って続きを待っていると、ふたたび彼が話しはじめる。

「この世のすべてを恨むと遺《のこ》して。それを畏《おそ》れた時の帝は、公達たちを手厚く祀《まつ》るよう勅命

「……この島の海津《かいづ》神社にあるそうだよ」

を下したということだ。そして、彼らを祀ったその祠《ほこら》は、この島の海津《かいづ》神社にあるそうだよ」

涼風は真面目な表情でうなずいた。

「いわゆる流人伝説のひとつだね。この島は古い時代から住民がいて、昔話の類には事欠かないところだよ」

藍染はそう言って、手元の本を引き寄せる。そのまま静かに読書をしはじめたので、涼風も彼に倣《なら》った。

コチコチと柱時計の音だけが響くなか、ふたりの時間がゆるやかに過ぎていく。

いつもはこうしてそれぞれが興味のある本を読み、涼風は十一時には決まって自室に引きあげる。今夜もたぶんそうなるかと思ったが、しかし藍染がひらいたページから目をあげないまま、こちらに話しかけてきた。

「さっきのあれだが、きみも都に帰りたいかい？」

「え……」

「これまで住んでいたあの街に」

あの街。

その言いかただと、このひとはまるで自分がどこに住んでいたのかを知っているみたいに聞こえる。

「僕が……どこにいたのかを、あなたはご存じなんですか？」

まさかと思いつつたずねてみたら、彼はかるく肩をすくめた。

「きみが都心から来たことは高浜店長に聞いたからね」

「ああ……それで」

しかし、なんとなくおかしな気持ちがしてしまうのは、自分の思いすごしだろうか。

涼風は文字を目で追うだけになり、書かれた内容を頭に素通りさせながら、彼がいま言ったことについて考える。

自分はあの街に帰りたがっているのだろうか。

生まれて二十一年間を過ごした場所に。

誰にも望まれず、いてもいなくてもいいのだと思いつづけたあの場所に。

「僕は、よくわかりません」

本に視線を落としたままにつぶやいた。

「まだ一歳になる前に、僕は施設に入りました。両親は僕がいらなかったんです」

藍染が顔をあげる気配がする。涼風はうつむいた姿勢を変えずに言葉を落とした。

「それから高校を終え、専門学校に入るまで僕は施設で過ごしました」

高校までは公費で、それ以後の二年間は支援機構の奨学金を申請した。特別に優れた能力はなくとも、こつこつはたらきつづければ奨学金の返済も終わらせられるし、死ぬまでは生きていられる。そう思って過ごしてきたのだ。

「すみません。返事のしにくい話をしました」

彼の沈黙に気がついてそう言った。

いきなりの打ち明け話にきっと面食らっただろう。

だけど……。

ふいに言いわけがしたくなり、涼風はぼそりと洩らした。

「自分からこんな話をしたのはあなたが初めてです」

「……そうなのか？」

「はい」

「なぜ、そうしようと思ったんだ？」

どうしてだろう。それはわからなかったので、曖昧に首を振った。

しかし、藍染の沈黙は答を待っているふうだ。やむなく涼風はとくに考えもなく口をひらいた。

「あなたが大人で、親切なひとだから？」

なんとなく、それは少し違う気がした。

「あなたがいいひとだから？」

それもあるが、ぴったりではない感じだ。

「どうしてでしょう。なぜ僕は自分の話をしたんでしょう」

途方にくれる気持ちになって、すがるような口調になった。

藍染は「涼風くん」と低いつぶやきを洩らしたあと、意外なことを言ってきた。

「顔をあげてくれないか」

「え……」

訝しみつつ、それでも言われたとおりにする。

「きみの前髪にさわっていいか」

「は……い」

男の指がそっと自分の髪に触れる。そうしてそこを指でかるく掻き分けられた。

「やっぱりきみの目は綺麗だな」

そう言うこのひとの眸のほうが綺麗な気がする。

黒い中にちらちらと赤みがあって、強さも、やさしさも、不思議な感じの熱もある。

「……藍染さん」

「うん？」

「僕はあの街に帰りたいとは思いません。この島で静かに暮らしていられればいいと思って
……だけど」

「だけど？」

「避難所から戻った次の日、あなたが言ってくれたんです——きみは心の強いひとだ——と。

あれから僕は何度もそのことを思い出しているんです」

涼風は目を伏せがちにぼそぼそと語りつづける。

「僕は昔から怖がりで、他人と交わるのもひどく苦手で、勇気なんて言葉とは縁遠い人間だと思ってきました」

涼風は他人から感じ取る強い感情がことに不得手で、それに対して過敏すぎる自分自身も嫌だった。そのためだろうが、子供のころから引っ込み思案で、大人になってもそれは少しも変わらなかった。

「だから僕が強い人間なはずはないって。でも……そう言ってもらったのが思いがけずうれしくて、こんな自分でもそんなふうになれたらいいって」

怖がりなのはなおりそうもないですけど、と言ったそばから頼りない台詞が洩れる。

藍染は無言のままで、呆れられたかと視線をあげると、こちらに向ける彼のまなざしとぶつかった。

「怖がりでもいいじゃないか」

彼は真摯な口ぶりでそう告げた。

「きみは繊細なひとだからそういうこともあるだろう。だが、それときみが強い心の持ち主なのはべつの話だ」

きっぱりと言ったとき、柱時計が鳴りはじめた。藍染はそちらに目をやったあと、両肩の力を抜いた。それからさきほどとは雰囲気を変え、淡々と述べてくる。

「十一時だな」

「あ、はい」

いつも自室に引き取る時間で、思わず涼風は腰を浮かせた。

「あの。おやすみなさい」

「ああ。おやすみ」

その言葉を聞いてから、涼風は部屋に戻った。それから寝る前の支度をし、敷いていた布団に入る。

仰向けに横たわり、ゆっくりと目蓋を閉ざせば、彼の言葉がよみがえる。

——怖がりでもいいじゃないか。

あんなことを言われたのは初めてだった。

おなじところにうずくまる自分の上に、予期せず降ってきた光の塊。

涼風は両手の中にそれを大事につつみこみ、胸に抱えて眠りについた。

◇　◇

そんな会話をしたあとでも、日々訪れる生活に変わりはなかった。

朝になって顔を合わせた藍染に変わった様子はなかったし、涼風もその話を蒸し返しはしなかった。

ただ、折に触れて彼から聞いた言葉を脳裏によみがえらせたり、あのときの男のまなざしを思い返したりするだけだ。

相変わらず涼風は他人が苦手で、勇気などとは縁遠い性格をしていたけれど、センチネルの単語を聞いて布団饅頭になっていたあのころとくらべると、ほんの少しは楽に呼吸ができる気がする。

それに藍染が二階に住むようになってから、決まりきった日常はあきらかに彩りを増してきて、彼のつくった夕食を茶の間の座卓を囲んで食べ、一緒に片づけをしたあとは書斎にしている部屋での読書と、自分にとっては充実した毎日の連続だった。

室内に日中の熱がこもるようになり、下宿の庭先に縁台を出してからは、夕食後に三人と一匹で夕涼みをすることもちょくちょくあったし、本物の星空は吸いこまれてしまいそうに綺麗だった。

「こうして仰向けになって見ると、落っこちそうな気がします」

「怖いか？」

そうだけれど、意気地のないその気持ちを口に出すのはためらいがある。

黙っていたら、おなじく上向きに寝転んでいた隣の男が「ほら」と手を繋いでくる。

「こうしておけば平気だろう」

「はい……ありがとうございます」

恥ずかしい気がしてくるのは、怖がって手を繋いでもらうなんて子供のような真似をしているからか。

意味なくきょろきょろしていたら、横で彼がくすりと笑った。

「そう照れない。恥ずかしがると、俺もだんだん落ち着かなくなる」

「あ、えと。すみません」

「いや。あやまらなくてもいいんだが」

つぶやいて、彼は突然息を呑んだ。そのあと図らずもと言ったふうな呻きを出すから、涼風は思わぬ出来事に驚かされる。

「だ、大丈夫ですか？」

急いで半身を起してみれば、サビ柄の猫が藍染の腹を踏みつけていた。

「こいつ。わざと爪を立てたな」

むかっ腹を立てながら彼は猫を捕まえようとしたけれど、相手はその前に腹を蹴って飛び退る。

「い、った。知っててやったな、このお邪魔虫」

「そんな」

「いいや。絶対だ」

藍染とこの猫は普段は互いに干渉し合わない間柄を保っている。が、時折こうして反目することがある。

そんなときの藍染は少しだけ子供っぽくて、彼には悪いと思うけれどなんだか新鮮なものを見る気分がする。

美鈴さんと目を見合わせて微笑めば、彼はしかたがなさそうに肩をすくめた。

「今度、限定品の猫のおやつを取り寄せる。それでお伺いを立ててみよう。仲良くしてもらうにはこれがいくつ要りますかと」

「限定品の？」

思わず涼風が反応したら、彼が幾分ひとの悪い笑みをつくった。

「ああ。きみは何個欲しいんだ？」

猫扱いをされてしまって困っていたら、彼がひとつ咳払いした。

「悪かった。言葉のあやだ」

涼風は「いいえ」と言ってから、ふとそれを思いついた。

「藍染さん」

「ん？」

「猫は確か味覚が優れているんですよね」

「まあそうだが」

「だったら、僕がそれを食べても美味しいかもしれません」

言うと、彼は絶句した。美鈴さんはその横でころころ笑って、

「ほんにのう。涼風さあはよい猫になりそうじゃ」

そんなことがあってから数日後の週末に、涼風は歯磨き後の鏡に映る自分を見て考えた。

やはり前髪が伸びすぎている。全体もだが、とくに前髪。これではさすがに目の前が見えにくい。

目にかかる髪をひと房摘まんでみると、ふっと過去の情景がよみがえる。

——きみの前髪にさわっていいか。

思い出して、ふるふると頭を振った。

あれはべつになんでもなかった。

ただ髪を持ちあげられて、目を見られただけのことだ。

それでも、あれから涼風は彼がしたのとおなじように朝の洗面台の鏡の前で髪を掻き分ける仕草をしていた。そうやって、反芻《はんすう》している自分が妙に落ち着かない。

もういっそ切ってしまおうとは思うけれど……。

それでもこれはそういうのじゃない。

涼風は鏡の自分に言いわけする。

この髪の覆いなしにあのひとの顔が見てみたいわけじゃない。

やはり切るのはやめようかと迷ったけれど、結局涼風は美鈴さんからハサミを借りた。

「そらあ、貸すのはええんじゃけれど」

それをどうするのかというまなざしでの問いかけには「あの、ちょっと」という下手な言い抜けを残して去る。

そうして涼風は貸してもらったハサミを手に、自室の畳に腰を下ろした。手鏡など持っていないので、文字どおりの目分量。洗面台の前ですればよかったのかもしれないが、なんとなく自分が髪を切っているところを階下にいる美鈴さんと藍染に知られたくなかったのだ。

左手に前髪を持ち、右手にはハサミ。そうして髪を持ちあげて、適当なところにハサミを入れようとしたときだった。

「涼風くん！」

いきなり襖が開けられて、心臓が跳ねあがる。その拍子にハサミがシャキッと音を立てた。

「……あ」

左手には思ったよりも長さのある自分の前髪。驚いたが、それよりもっと驚いたのは襖をひらいた人物のほうだった。

「っ、きみの髪……！」

めったにないほど彼は茫然としているようだ。かえって涼風は冷静になり、

「平気です。元々さっぱりさせようと思っていました」

藍染は、涼風の左手と額とを交互に眺めていたあとで、大きなため息を吐き出した。

「悪かった。美鈴さんからきみが少しおかしな感じでハサミを持ってあがったと聞いたから」

ああ……と涼風は言葉足らずな自分を悔やんだ。

ふたりとも心配してくれたのだ。

「すみません」

「いや、詫びるのは俺のほうだ」

いきなり大声を出して悪かったと彼が言う。

「怪我をさせはしなかったか？」

彼が涼風のすぐ前に膝をつき、こちらの顔を覗きこむ。

不揃《ふぞろ》いに断ち切られた髪を撫で、額を検分している彼は真剣な表情だ。

「傷はないようだが」

藍染はどうしようかというふうに首を傾げた。

「問題はこの髪だな。さすがにこのままというわけには」

「あ、すみません。大丈夫です。洗面台の鏡を見て続きをします」

髪の覆いがなくなって、まともにその顔を見てしまえば、なぜか鼓動が速まってくる。

涼風は内心相当あせって告げたが、彼のほうはむずかしい顔つきでもう一回首をひねった。

「そのハサミは散髪用じゃない。もしそうだとしても、素人《しろうと》では無理じゃないか？」

「そうでしょうか……」

「いつもはどうしていた？」

「えっと。ＡＩに聞きながらバスルームの鏡を見て、適当に」

藍染は低く唸り、涼風の両肩に手を置いた。

「よくわかった。だが、ここにＡＩはない。きみさえ嫌でなかったら、いまから理髪店で髪を切ってくれないか」

藍染のいきおいと真剣な表情に、いやいいですとも言いかねて、結局涼風は彼の車に乗せられる運びになった。

「あの。この島の理髪店に行くのは初めてなんですが、僕はどうすればいいんでしょうか」

いまはすっかり座り慣れた助手席から問いかける。

「俺がついている。きみは店の椅子に座っていればいい」

「ありがとうございます」

「いや。さっきも言ったが、俺のせいで」

彼はそこで話を切った。それからしばらくは黙って運転していたあとで、

「きみは驚きの宝庫だな」

そんなつぶやきを落としてくる。

「次から次へと思わぬことが飛び出してくる」

それについては反論したい部分もあったが、僕は退屈な人間ですと主張もしかねて、口を閉ざしておくことにする。

黙っているうちにほどなく車は港町の理髪店に到着し、藍染は涼風を伴って店内に入っていった。

「いらっしゃい」

「こんにちは。今日はここにいるこの子の髪を頼みたいんだが」

「こりゃあまた、えらいことになっとるのう」

「前髪を自然に揃《そろ》えて。耳は、そうだな、半分かかるくらいでいいか。ああ、襟足《えりあし》は刈りあげず、少し長めに」

こちらがぼうっと突っ立っているうちに藍染はそこの店主と相談し、どんどん話を決めていく。自分のほうは、ただ言われるままに椅子に座り、ケープをかけられ、頭を洗われ、目を閉じたり開けたりしているうちに、仕上がったようだった。

「どうですかのう」

「ああ、いいよ。ありがとう」

鏡に映る自分の顔はなんだか別人のようだった。前髪は切りすぎをうまくカバーするように、ちょうど眉の上あたりで揃えてある。全体には長すぎず、短すぎずのいい案配ではないだろうか。

しかし、髪の分量が少なくなったためだろうか、なんとなく頼りない気分がする。眉も整えてもらったからか、妙に目が大きく見えた。

そんなことを考えてぼんやりとしている暇に、藍染は店主に料金を支払うと、涼風をうながして外に出る。

「あ、すみません。散髪代を」

「いいんだ。支払わせてくれ」

「でも」

「このハプニングは俺のせいで、だから本当に……と言っても、きみはすまながるんだろうな」

涼風をふたたび車の助手席に座らせながら彼は言う。そのあと自分も乗りこんで、海の見える港の道を運転しながら「そうだ」となにかを思いついた顔をする。

「それならきみから礼をもらおう」

「礼？」

「最近ばたばたしていたから、少し気分転換がしたいんだ。きみさえよかったら、この島の観光につきあってくれないか」

「それは……はい、もちろんおつきあいいたします」

「よかった」

藍染がうれしそうに頬を緩める。

「それなら日にちはいつにしようか」

「僕は、いつでも」

「もちろん休日がいいだろう。だったら、今度の日曜日はどうだ？」

「はい」

うなずきながら、涼風は彼の声が弾んでいるのに気がついていた。

どうしてだろう。これじゃあまるで自分と観光することを彼が楽しみにしているようだ。

「行き先はこちらにまかせてもらえるかい。どこかいいところを探しておく」

「あの」

「うん？」

「いえ。なんでも」

僕と出かけるのはいいことですか？

そんなことを聞きかけて、涼風は自分の自惚《うぬぼ》れが恥ずかしい。

このひとならもっとずっと素敵なひとが一緒に遊びに行きたがる。

これは彼なりの詫びのつもり。ただそれだけのことだろう。

そんなことを考えながら窓の向こうを見ているうちに、やがて車は一軒家の庭先まで来てタイヤを止めた。

「今日はありがとうございました」

言って、車から降りようとして、身じろぎしない男に気づいて振り向いた。

「藍染さん……？」

車のエンジンを切った彼は前を向いて両腕を組んでいる。

「散髪する前に言っただろう。きみは驚きの宝庫だと」

「はい」

なにか注意されるのだろうか。やや身構えつつ次の言葉を待ち受けた。

「きみは俺のいろんな引き出しを開けてくる。気になったり、笑ったり、感心したり。絶句させられたり、驚かされたり。ほかにもいろいろ、たくさんある」

なんとも反応ができないで、涼風は彼の横顔を眺めるばかりだ。

「今日もまた俺の知らない引き出しを開けられた」

ここで彼が口を閉ざしてしまうので、涼風は不安になった。

どんな引き出しか聞いてもいいのか。

迷うけれども、このままにしておくとよけいに不安がつのるので、思いきって問いかける。

「それは、あの。呆《あき》れた、とか？」

しかし彼は否定のしるしに首を振る。そうして首をめぐらせると、正面からこちらを見つめる。

「綺麗だ、と思った。散髪したあとのきみの姿を鏡の中に見たときに」

「え」

瞬間。もろに目が合った。

藍染は怖いほど真剣なまなざしでこちらを見ている。

深く、激しい男の眸につらぬかれ、いやおうなく身体が震える。

なぜなのかはわからない。けれどもどうしようもないくらいこの男に心が惹かれる。まるで、あの夜に見た星空に吸いこまれていくみたいに。

怖くて、だけど胸がひどく騒いでしまう。

そうしてどれくらい見つめ合っていただろうか。

「……あ」

唇がわずかに震え、あるかなきかの声音が洩れる。すると、それをきっかけにしたように彼の肩がわずかに跳ねた。

「涼風くん……」

彼の指がゆっくりと近づいてきて、頬に触れる。それでも涼風は動けない。

端整な男の顔がじょじょに間合いを詰めてきて、至近距離まで来たときも、やはりなにもすることができなかった。

「……んっ」

彼のまなざしがこれ以上ないくらい近くにきたとき、涼風の唇になにかが触れる感覚がした。目を瞠り、未知の感触におののいたそのすぐあとに、それはすみやかに離れていった。

「悪かった」

ささやかれても反応できず、涼風は茫然としたきりだ。

「突然すぎたな」

それでも涼風が彼を見つめたままでいたら、また目の圧が強くなる。が、それはまもなく逸らされて、男の顔が横を向く。

「家に戻って、美鈴さんにその髪型を見せるといい。ハサミの件で彼女は心配していたし、なにも言わずに出てきたから」

うながされて、涼風は助手席のドアをひらいた。車から降り、歩いて家の戸口をくぐる。そのすぐ前にエンジンの音がしたから、ふたたび藍染はどこかに出かけたのだろう。

「美鈴さん、帰りました」

声を出して、自分の唇の動きを感じる。とたん、さきほどの感触がよみがえった。無意識に涼風は自分の口に手を当てる。と、茶の間からこの家の持ち主が顔を出した。

「これはまあ……えろうさっぱりされちゃったのう」

目を丸くして、それから「おや？」と訝しむ顔になる。

「涼風さあは具合でも悪いんかのう」

「え、いえ。元気ですが」

「そうきゃあのう。それならええけど」

身を乗り出して、涼風を仔細《しさい》に眺める彼女が言った。

「顔が真っ赤になっとるで」

＊

乗っている車を信号で停《と》めたとき、藍染《あいぜん》は自分の唇に手を当てた。

あの青年にキスをした。

共感能力を高めるための接触が目的ではない。

ただ触れたくて、彼にキスした。

不意打ちに掠《かす》め取るような口づけで、ただ唇を触れ合わせただけなのに、自分でも驚くほど心が震えた。

彼の唇はやわらかで、触れれば温かいものが胸のなかに注がれてきた。

あの青年はまだ幼くて、未知の感触におののいていただけだったが、それすらも可愛かった。

さっきもしも手放さず、さらに口づけを深めたら、彼はどんなになっただろう。

きつく抱き締め、唇を重ね合わせ、舌を差しこみ、口腔《こうこう》内の粘膜を探ってやったら、どんなふうに震えただろう。

唾液《だえき》を啜《すす》り、濡《ぬ》れた舌を彼の喉奥まで突きこんだら、どんな喘《あえ》ぎを洩《も》らしただろう。

このとき信号が青に変わり、藍染はまた乗用車を発進させる。海の見える坂道を下りながら、しかし脳裏には想像の彼が消えない。

あの純真な青年が、男の愛撫《あいぶ》に震え、喘ぎ、快感に涙してすがるさまをありありと脳裏に描き、藍染は薄い笑みを頬《ほお》に浮かせる。

打算ではない。ただ無性に彼が欲しい。

あのいじらしく無心な青年を求めないではいられない。

偶然という必然の下、彼に再会してからは、あの姿を見るたびに、あの気配に触れるたびに、いやおうなく惹《ひ》かれていく自分を感じる。

これが……一対であるということなのだろうか。

どんな計算も、自制心も及ばない、そういうところに彼はいる。

いっそこのままふたりで島に居つづけようか。

どんなしがらみからも離れて。

できないことと知りながら、そんなことを考える自分は愚かだ。

この島に来るまでにすでに二カ月間を消費した。

最初からの猶予は半年。そしてもう残り時間は充分にあるわけではない。

ふたりが一対であるということ。そしてその意味と理由とを彼には話さなければならない。それもすぐ近いうちにだ。

足りない数値を補うために彼からの協力がいよいよ必要になってきている。

だが……そのとき彼はきっとショックを受けるはずだ。

あの純真な彼の顔に浮かぶだろう恐れと嫌悪を、これもしかたがないとわかって、しかし見たくはない自分も確かにいるのだった。

＊

約束の日曜日がやってきて、涼風《すずかぜ》と藍染とは島内観光をするために車で下宿を出ていった。

「船を出して海のほうから島をめぐるか、こちらのほうか迷ったんだが。大雨が降った翌々日、きみが飲み物を持ってきてくれたことがあっただろう」

レモネードのことだとわかって、涼風はうなずいた。

「それで決めた。この島らしい特産品を一緒に見て、味わえればいいかとね」

「じゃあ、レモン農家に？」

「そう。それと、オリーブも。これからだとランチの時間に間に合うから、先にそちらへ行ってみよう」

「はい」

「出発が遅くなってすまないね」

「いえ、そんな」

藍染がひと仕事終えてからの出発で、いまは正午近いけれど涼風に不満はなかった。どころか、これからふたりで遊びにいける期待に胸が弾んでいる。

「天気がいいし、楽しみです」

「そうだね。この島は風が吹くからどこに行ってもしのぎやすいし、ふたりでのんびり楽しもう」

そうしてまもなく訪れた農園は内陸部にあり、小高い丘からはこの島の景色が遠くまで眺められる。

涼風と藍染は丘に植えられたオリーブの木々のあいだをめぐって歩き、風に揺れる枝ぶりや、そこに生《な》る緑の実を一緒に眺めた。

ことにすばらしかったのは、ほかにも増して実をいっぱいにつけている木の幹だ。

「これは、すごく立派ですね」

「植えて百年は経《た》つそうだ」

「そんなにですか」

「ああ。この農園のシンボル的な存在らしい」

「さわってもいいでしょうか」

「それはもちろん」

涼風は遠慮がちに太い幹に指を伸ばした。

「ごつごつしています」

「それだけ歴史があるからだ」

涼風は瘤《こぶ》のようになっている根に近い部分にも触れ、感嘆の吐息を洩らした。

この木を植えた人間がすでにいなくなっていても、これはここで生きている。この先も、島の人々に豊かな実をもたらしつづける。

「すごいです、ね」

「ああ」

「僕は……この島に来て、いろんなものに命があると感じます。以前の僕は灰色の世界にいたのに、ここに来てからは風にも色やかたちがあって、まるで生きもののようにしてこの島をめぐっている、それが僕には見えるような気がするんです」

言って、すぐに後悔した。これはずいぶんおかしなことで、しかも大層な台詞《せりふ》でもある。

「すみません。忘れてください」

恥ずかしくて取り消した。しかし藍染は横に首を振ってみせる。

「きみは強い感覚の持ち主だから」

このひとの言った意味がわからなくて、涼風は疑問符を顔に貼りつけていたらしい。それを眺めて、藍染が言い直す。

「感受性の強さだとかそういうものだ」

「そうでしょうか？」

感受性が強いとはいままで誰にも言われなかった。

そもそも涼風の心情の移り変わりを気に留める人達などいなかったし、自分のほうでも過敏な心を閉ざしてからはその性質は元々ないものとおなじくらいに消えている。

「僕は、でもにぶいほうです」

言うと、彼は表情の読めない顔で肩をすくめた。

「賛成はできかねるが、反対はしないでおく」

せっかくデートの最中なのに、口喧嘩《くちげんか》はしたくないしね。

彼の台詞をすぐに理解できないで、なんとなくうなずいた。すると、彼は唇の端を曲げ、涼風の額《ひたい》を指でかるく弾《はじ》く。

「前言撤回。やっぱりきみはにぶいほうだ」

「え。なにが……」

「説明しない。ほら行くぞ」

次に連れられていったのは遠くに海が眺められる農園内のレストラン。ふたりはそこで昼食を摂ることにして、海の見えるテラス席に腰かけた。

料理は藍染が頼んでくれ、まもなく出てきたそれらは、海老《えび》と山菜のパスタ、あさりのスープ、島の野菜をたっぷり使ったサラダだった。

「どう?」

「はい。美味《おい》しいです」

サラダのドレッシングには、この農園でつくられたオリーブオイルが使われているそうだ。

「藍染さんは?」

「ああ旨《うま》い」

そうしていい景色と、風味豊かな料理を堪能《たんのう》したあとで、ふたりは店を出て、この建物に併設されたショップのほうに入っていった。

店内には、この農園の特産品であるオリーブを使用した化粧品や、食べ物や飲み物などが置いてある。涼風は美鈴《みすず》さんの土産《みやげ》になる品を探して回り、オリーブのハンドクリームを選んで買った。

それから土産の袋を手に藍染はどうかと見やれば、彼もべつのレジのところでなにかの会計をしているようだ。

なんだろうと思ったけれど、詮索《せんさく》するのもはばかられ、そのあとは彼を追ってショップを出て、駐車場へと歩いていく。そうして藍染の車にふたたび乗りこむと、彼が自分で買っていた袋のなかに手を入れた。

「涼風くん。こっちを向いて」

指示のとおりに運転席のほうを見る。

「ほら、口開けて」

「え」

「あー、ってかたちに」

言われるままにしたがうと、口になにかを放りこまれる。

「オリーブのチョコレート。食事のデザート代わりだよ」

舌の上に甘みが広がる。蕩《とろ》けるような味わいに涼風の頬が緩んだ。

「その顔は旨いんだな。もうひとつ食べてみるかい？」

「ぼ、僕はもう」

さっきは突然だったから無意識にそうしたけれど、いまは恥ずかしさが先に立つ。

頭を振って辞退すると、彼はそれ以上無理強《じ》いせずに「じゃあ自分で」と紙箱を寄越してくる。

反射で受け取って、けれども全部もらうのは悪い気がして、つい「あなたは？」と問いがこぼれた。

「俺？　もしかして食べさせてくれるのか？」

からかう口調で彼が問う。つまりはさっきとおなじことをするわけで、とんでもないと腰が引け、なのにどうしたわけなのかふっと口が滑ってしまう。

「あ……はい」

すると相手は両眉をあげてから、面白そうに告げてきた。

「じゃあ頼もうかな」

これで後には引けなくなった。

緊張しきった涼風は、手にしている紙箱からオリーブ色のチョコレートを指先でぎこちなく摘まみ取る。

「えと。行きます」

「うん」

彼が口をひらいたとき、どうしてそのことを思い出してしまったのか。この唇が自分のそれに重なったことがあると。

「あ、あの」

指が震える。あらためて彼の表情をうかがうと、眸《ひとみ》の色が変わっていた。

このまなざしは知っている。深く激しく、自分の内部をつらぬいてくる男の力だ。涼風はもう目を開けていられずに、目蓋《まぶた》を閉ざして手を突き出した。

「……っ」

見えないままに相手にチョコレートを食べさせるのは無謀だった。どうやらいきおいあまって、彼の口に指を突っこんでしまったらしい。感触でそれがわかり、うろたえながら目蓋をひらいた。

「す、すみま……っ、あ」

彼が口のチョコレートごと自分の指を舐《な》めている。

親指と人差し指に触れている彼の唇と舌の動き。背筋がぞわっとするけれど、気持ちが悪いのとは違っていた。涼風が固まったままでいれば、舌はさらに指に添い、根元のほうまでしゃぶられた。

「あ……藍染、さん……っ」

どう感じていいのかがわからない。目を伏せて懇願する声音を出したら、ようやく彼が指から唇を離してくれた。

「……ん。そんな顔をしても駄目だよ。自業自得案件だからね」

藍染はしれっとそう言い、涼風が手に持っていたパッケージに視線を向ける。

「それで、お代わりもあるのかな?」

涼風は、自分の手に視線を落とし、それからぶんぶんと首を振った。藍染は明るい調子の声で笑うと、

「それはあげるよ。きみのおやつにするといい」

言って、車の操作をすると、ゆるやかにアクセルを踏みこんだ。

◇　◇

車内で涼風は真っ赤になってうつむいている。恥ずかしくてたまらないのに、信号待ちでちらりと見た隣の男の横顔は端整で涼しげだ。

彼にとってさきほどのことなどはなんということもないのだろう。

それを思い知らされて、涼風の気持ちはしだいに沈んでいく。

このひとは自分をからかって遊んでいる。

さっきのことも。前髪を切った日も。ただ指を舐め、キスをしただけ。

なにも言わずにこちらがする反応ばかり眺めていて、余裕いっぱいの様子だった。

胸のもやもやが消えなくて、膨れあがるばかりになって、だから涼風はレモン畑に着いたとき、たまらず彼に訴えた。

「あの……そういうのは、よくないと思います」

「そういうのとは？」

「こういうのです」

語彙《ごい》が圧倒的に足りないままに抗議する。

藍染は斜めに首を傾けた。

「もしかして、さっき俺がチョコレートをもらったこと？」

「それもありますし……そのほかにも」

一世一代の勇気をふるって、涼風は自分の疑問を口にする。

「ど……どうして……あのとき僕にキスしたんです？」

藍染は視線を斜めにして答えない。

言えないのは、やっぱりからかっただけなのか。そう思ったら、じんわりと哀《かな》しくなった。

「お、お願いですから、僕をほうっておいてください」

こんなひとが自分にキスをしたがるなんて、おかしいことだ。なのに、それを真に受けて一喜一憂していたなんて、本当に自分は馬鹿だ。

「悪かった」

藍染にあやまられて、よけいに涼風は哀しくなった。

ほらそうなんだとささやく自分の声がする。結局ただの遊びなのだ。

「俺がやりすぎた。悪かった」

「か、髪の毛を切ったときも……綺麗《きれい》なんて言いました」

「うん」

「ああいうのは、嫌なんです」

「うん」

「キス、とか。僕は誰ともあんなことをしたくない」

「うん」

「どうしてあなたは僕の気持ちを乱すんですか」

咎める気持ちがそのあとくるりと裏返り、自分も悪いと責める心がそれを言わせる。

「ぼ……僕は、あなたに嘘をついています」

彼は黙って佇《たたず》んでいる。その表情は涼風には読み取れなかった。

「だます嘘ではないけれど、ごまかす嘘をついています。でもそれは言えないんです。僕が怖がりで、ここに逃げこんでいるからです」

涼風は半泣きで訴える。

「こんな僕はどんなひとも支えられない。誰かのサポートをするなんて無理なんです」

「………」

「もし僕がそのひとを救えなかったら、とんでもないことになるんです。僕には無理です。そんな力は持っていません」

この島に来てから、いや物おぼえがついてから、こんなふうにめちゃくちゃにごねまくって、言いがかりをつけたことなど一度もなかった。

なにを言っているのかは、もはや自分でもわからない。ただ苦しくてつらい気持ちが水位を超えて、胸のなかから溢《あふ》れてきている。

「涼風くん」

やつ当たりも同然に気持ちをぶちまけ、いますぐ逃げ出したい気分なのに、彼が腕を伸ばしてきて自分の身体を抱き取ると、ほっとしてしまうのはなぜだろう。

「からかって悪かった」

「……うぅ」

「綺麗だなんて言ったのは悪かった」

「……っく」

変な声が出たけれど、頭の中がぐちゃぐちゃになっていて、自分が泣いているのかどうなのかもはっきりしない。

「可愛いなんて、思ってしまって悪かった」

いまや涼風のこめかみあたりはガンガンと大きな音を立てていた。このひとがなにを言ったかに呑《の》みこめないまま、反射だけで返事する。

「お、思って……？　たのは、だけど、僕もおあいこです」

「おあいこ？」

「僕も、あなたを素敵だと……思っていたから、いいんです」

彼の返事はなかったけれど、抱き締めてくる腕の強さは心地よかった。

「涼風くん」

彼がそっとささやいた。

「いまきみにキスしたいけど、嫌だろうからやめておく」

涼風は彼の胸で洟《はな》をすすった。人生初と言えるほど感情が暴走していたために、頭の芯がぐらぐらに揺れている。

「美鈴さんの家にふたりで帰ろうか。部屋に戻ったら、俺の話を聞いてくれ」

◇　◇

レモン農園の駐車場をふたりで出て、車は海沿いの道をまっすぐ進んでいる。

片側一車線のこの道は対向車も少ないし、信号もあまりない。涼風は窓のほうを見て座り、いたたまれなさに口も利けないでいた。

さっきなにを言ったのか、記憶がおぼろになっている。ただ、勝手な想いをぶつけまくって、ベソを掻《か》いたのは自覚があった。

これまでにおぼえがないほどの興奮状態が冷めたいま、ついさきほどやらかした自分のおこないを悔いる想いと、彼がさっき言ったことへの不安感とに胸を締めつけられている。

二階のあの部屋に戻ったら、彼はなにを言うのだろう。

それを恐れる気持ちとともに、流れる車窓を眺めたときだ。

「……あ」

いま、なにかが頭の中をよぎった。

黒い染みのようななにか。

なにかが変だ。なぜか気になる。

「涼風くん？」

隣の男が訝《いぶか》しげな声を出す。

「どうしたんだ」

「あっちで……」

それきり言葉が出てこない。黒いものが広がる気分はますます強くなっていた。

「あっちで？」

「おかしな、感じが」

「それがどんなものかわかるか？」

少し考えて、涼風はいいえというふうに頭を振った。

「それは誰かに関すること？」

「そ……なの、でしょうか」

「それは生きもの？　それとも生きてはいないもの？」

「……両方、のような気が」

「それがどこにいるのかわかるか」

「どこに……？」

「そう。おおまかな場所でいい」

考えてもわからなかった。どんな文字も風景も浮かばない。けれども涼風の指が動き、知らないうちに「あっち」と方向を示している。

「道なりにまっすぐ前だな」

聞かれても答えられない。涼風は曖昧《あいまい》に首を振る。なのに次の信号に来たときには、またも指が勝手に動いた。そうして、次の三叉路《さんさろ》に来たときも。

「このまま行けば、海津《かいづ》神社の方向だが」

返事ができないで黙っていると、藍染はそのまま車を走らせて、神社の前の駐車場に入っていく。そこにいったん車を停めて、涼風の手を握った。

「きみが行きたいと思うところに俺をつれていってくれ」

行きたいと思うところは特にない。けれども涼風は言われるままに車内から出て、彼とあらためて手を繋ぐと、ふらふらと歩きはじめた。

「この神社は……」

「うん。海の神を祀《まつ》る場所だ」

「そう、でした。この海津神社には三柱《みはしら》が祭神となっていて、それぞれ海の上の神、海の中の神、海の底の神が座しておられます」

誰か知らないひとが自分の口を借りてしゃべっているように、すらすらと言葉が出てくる。

「海の神が主祭神なのは当たり前です。だけど、ここはそれだけではないんです」

涼風は言いながら、鳥居をくぐり、神社の境内《けいだい》に入っていった。

「三柱の祭神が祀られている。そのことは正しいですが、ここにはもうひと柱配祀《はいし》されているんです」

ふたりは境内から本殿に近づいていく。藍染に「あっちか？」と建物のほうを指され、少し置いて「違います」と首を振った。

「こっちです」

藍染はいっさい疑問を示さずに、涼風のするままについてくる。

「配祀の対象になるのは、主祭神と縁故のある存在が多いです。でも、この神社の配祀は元は人間だった者です。罪なく流されて、ついにこの島を出ることができなかった都人《みやこびと》の眠る場所があちらにあります」

涼風は本殿の横手から藍染と裏に回った。建物の背面には竹藪《たけやぶ》が広がっていて、そこからさらに小山がつづく。涼風の先導でその竹藪に入っていき、ふたりはそこを抜けて急な山道をのぼっていった。

「ここです」

小山の中ほどまでのぼった位置で立ちどまる。そうして涼風が指したのは古びたちいさな祠《ほこら》だった。

「社《やしろ》が傷み、拝むひとも減ってきて、鎮魂の力が弱まってきています。放っておくとあぶないです」

涼風はその祠の前でしゃがみ、両手を合わせて頭《こうべ》を垂れる。藍染もそれに倣《なら》って腰を落とした。

そうしてふたりで拝んでまもなく。かくんと涼風の身体《からだ》が傾《かし》いだ。

「っ、と」

尻餅《しりもち》をつく前に、腕を伸ばした藍染に支えられる。

涼風は何度かまばたきをして、自分を抱きこむ男を眺めた。

「藍染さん……？」

「大丈夫。きみは案内をしてくれたんだ」

「案内……？」

「そう。町の歴史が書かれた冊子をきみに貸したことがあったろう。その礼だと言って、俺をここまで案内してくれたんだ」

「そう、でしたっけ？」

「急な坂道をいっきにここまで来たからね。疲れて記憶が曖昧になったんだ」

断言されれば、そんな気もする。なにより頭がぼうっとしていた。

「ここは足元が悪いようだ。朽ち葉で滑るから気をつけて下りようか」

彼が右腕を出してくるので、意図を汲《く》んでそれに摑《つか》まる。

「ゆっくり歩くから。急がないで大丈夫」

首肯して足を踏み出し、そこで止まり、涼風は背後の祠を振り返った。

「そっちも大丈夫。俺がきちんとしておくから」

その意味を理解することはできないけれど、素直に涼風はうなずいた。

このひとならまかせても大丈夫。なぜだかそのことは絶対と思えるのだ。

「はい……お願いします」

そうしてまもなくふたりして駐車場まで戻ったときだ。

「はいはい、お疲れさん」

藍染の車の近くに誰かが立っているのが見えた。

あの男は知っている。隣の島に移ったはずの室尾《むろお》だった。

「いいもの見せてもらったねえ」

「なんの用だ」

藍染が涼風をかばう格好で前に出る。

「なあ、地味子ちゃん。思いの外で驚いたぜ」

にやにや笑いで室尾が近づいてくる。

「まさかおまえがガイドだとはな」

刹那《せつな》に肩が跳ねあがる。同時に血の気がいっきに下がった。

「なんの話だ。涼風くんはガイドの仕事などしていない」

藍染が厳しい顔で代わりに応じる。室尾はハッと吐き捨てた。

「ごまかそうったって、そうはいかねえ。そっちのガイドじゃないってことは、とっくにわかっているんだろ」

「そっちがどちらか知らないが、きみにかかわる暇はない。これで失礼させてもらう」

藍染が毅然《きぜん》と男を退ける。

さあ行こうとうながされ、涼風はがくがくとうなずいた。

「まあ待てよ。おまえだってセンチネルだ。そいつがガイドだってこと、とっくにわかっているんだろ」

「……え」

愕然《がくぜん》として、涼風は藍染の顔を見あげる。

彼の表情は変わらないが、涼風の腕を摑んだその手に力がこもっていた。

「しらばっくれても無駄だぜ。こっちはちゃんと気づいてるんだ」

なんだったらシェアオフィスの連中にこのことをばらしてやる。室尾は毒々しい口調で言った。

「このど田舎《いなか》の島のやつらはセンチネルだガイドだって言ったって、まるきり理解しないだろうがな。シェアオフィスのやつらならこの話題の面白さがわかるだろ。ネットで拡散されるようなことがあったら、少しばかり困んじゃねえか」

藍染はゆっくりと振り向いた。

「涼風くんがガイドである根拠とは？」

「へえ。やっぱ認めんのかよ」

「そうじゃない。事実無根のでっちあげがどんなものか知りたいだけだ」

室尾は嫌そうに藍染を睨《にら》みつけた。

「そんなら言うけど、俺はずっとおまえを見張っていたんだよ。おまえがセンチネルなのは、とっくにわかっていたからな。だから、島を出たと見せかけ、おまえのまわりを張っていたんだ。そしたらそいつにべったりだろう。しょっちゅう一緒に連れ歩いて」

「それだけか？　センチネルと一緒だからガイドだとはかぎらない」

藍染は眉ひと筋動かさずそう言った。

「は。そりゃそうだ。だけどさっき、そのボクちゃんがやばめの祠におまえを案内してたとき、シールドがガバガバになってたぜ。俺は耳がいいからな、ここにいてもおまえらの会話はばっちり。トランス状態は怖いねえ」

「トランス状態……？」

聞き捨てにできない台詞に、涼風は室尾を見る。彼は小馬鹿にした顔つきでこちらを見返し、

「ああ。祠になんかやばいものがいそうだって、無自覚に引き寄せられてた。自分じゃわからなかっただろ。そりゃ、地味子ちゃんの隣の男がいるせいだ。そいつがセンチネルだから、一緒に行動すればするほどガイドのおまえの共感能力があがるんだ。俺は親切な男だからな、そっちのやつがしたみたいにおまえがトランス状態になったことも、自分の素性も隠しはしないさ。おまえがガイドだとわかったんなら、俺もそうだし、そいつもセンチネルだってはっきりと教えてやるんだ」

得意そうな顔つきで、室尾は自分の両腕を広げてみせる。そのあとに藍染を見て、大仰《おおぎょう》に肩をすくめた。

「おいおい、そんなに睨むなよ。元々は、おまえが俺をシェアオフィスで転ばせたせいだからな。あんときにおまえは力を使ったろ。ここに干渉する力ってやつ」

室尾は自分の人差し指を自身のこめかみに当ててみせる。

「それに、なあんかにおったんだよ。おまえとそっちの地味子ちゃんとじゃ釣り合わねえ。やたら親切にしてるけど、それにゃあ裏があるかもなって」

藍染は冷ややかにそれに応じた。

「それでこそこそつけまわしていたわけか。耳だけはいいようだが、きみの能力の使いどころがそれなのだったら、ライターの腕のほうも推して知るべしというところだな」

とたん、室尾がカッと顔面を赤らめた。

「うるせえ！」

「きみに尻餅をつかせたのはお詫《わ》びするよ。たとえ、きみの暴力行為を止めるためだったとしてもね」

藍染が淡々とそう言った。

「だが、センチネル同士での衝突は規定で禁止されている。超感覚を持つ者同士やむを得ない事由が存在しない限り、互いの行為に干渉しない。これも規定のひとつであるのはきみも知っているだろう。俺をつけ回していたことはそれに触れる行為だが」

「ふん。やむを得ない事由ってか。それならあるさ。きっちりな」

嘯《うそぶ》いて、室尾が涼風に視線を向ける。その眸にはまぎれもない欲望の色があり、ぞっと背筋に悪寒が走った。

「なあ、涼風ちゃん。この俺と契約しようぜ。いまは世間の馬鹿どもが俺の力を見くびって、やれ証拠に乏しいだの記事に偏りがあるだのって、ぐだぐだ文句をつけてるけどな。ガイドがいりゃあ、もっと力が出せるんだ」

「それほど自信があるのなら、政府の機関でガイドを斡旋《あっせん》してもらえ」

声も出せない涼風に代わって、藍染が平坦《へいたん》な声音で応じる。

「この子は渡さない。彼は誰のガイドにもならないんだ」

「嘘つくな。そいつに契約してほしいから、やたらと親切にしてたんだろが」

「それは下種《げす》の勘繰りというものだな。俺はこの子と契約するつもりはない」

「下種で悪かったな。はっ、そんだけ懐かせといて契約はしないって。だったらおまえは相当な間抜けだな。知ってるだろう、いいガイドは政府のお偉いさんたちが占有しているんだぜ。レンタルのガイドだって、半年一年待つのはざらだ。たまたま運よくフリーのガイドと契約できたセンチネルは、後生大事にそいつをしまいこんじまうしな。そっちの地味子が未契約なら、俺がもらって躾《しつ》けてやるさ」

「黙れ」

鞭《むち》を振るう厳しさで藍染が相手を封じる。圧された室尾は頬を歪《ゆが》めて一歩下がった。

「その口をいますぐ閉じて、この島から即刻出ていけ」

「お、俺に命令するなっ」

腰が引けつつ室尾は怒鳴った。それから表情をあらためて、猫撫で声で涼風に誘いかける。

「なあ、涼風ちゃん。悪いようにはしねえから俺とガイドの契約しようぜ」

涼風は蒼白《そうはく》な顔色のまま、横に首を何度か振った。

「いい目をみせてやるからさ」

もう一度否定の仕草で相手に応じる。室尾は鼻に皺《しわ》を寄せた。

「物わかりの悪いやつだな。ガイドはそもそもセンチネルのためのものだぜ。そいつはガイドをいらないって言うんだし、俺とさっさと契約して、こんなど田舎の島を出ようぜ」

「い、嫌です」

震えながら、けれども涼風は声を絞った。

「僕はあなたのガイドにはなりません」

きっぱりと言い切ったら、藍染が涼風を守るようにその肩を抱きこんだ。

「交渉は不成立だ。この島からはきみが独りで出ていくんだな」

「こっ、このっ。おまえなんかが命令するなっ」

癇癪《かんしゃく》を起こした室尾が憤怒の形相《ぎょうそう》で駆けてくる。藍染は少しもあわてず涼風を横に押しやり、突っこんできた男をかわすと、たたらを踏んで座りこむ男の上に屈《かが》みこんだ。

「これが最後の通告だ。涼風くんの前に二度と現れるな」

これをどんな表情で言ったのか。涼風には見えなかったが、室尾がヒッと息を呑む音が聞こえた。

そのあと藍染はおもむろに腰を伸ばして、涼風のほうへと戻る。

「車に乗ってくれないか。この件に関しての説明をさせてくれ」

◇　◇

下宿の二階で向き合って、ふたりは真ん中の部屋にある柱時計の音だけを聞いている。

ここにいたるまでふたりは無言で、涼風は座卓の前でうつむいたきりだった。

自分がガイドであることをこのひとに知られてしまった。

そして、このひとは自分がずっと恐れていた『それ』だった。

このことを涼風はどんなふうに思えばいいのかわからない。

自分も本当のことを告げてはいなかった。

そして、このひともそうであることを教えてはくれなかった。

——おまえとそっちの地味子ちゃんとじゃ釣り合わねえ。やたら親切にしてるけど、それにゃあ裏があるかもなって。

室尾がさっき言った台詞を鵜呑《うの》みにはしたくない。

このひとなら信じられると思った気持ちに変わりはないのだ。

でも、だからこそ彼の気持ちを知るのが怖い。

もしも自分が思うのと違っていたら。

「……あなたは本当にセンチネルだったんですか」

自分がいまいちばん知りたいことを彼にたずねる。

「ああ」

呼吸を止めて、その言葉を耳にした。

「システム関係の仕事をしていたのは本当ですか」

「それは、本当だ」

「都心から来たというのは」

「それも事実だ」

涼風は膝の上で拳《こぶし》を握り、聞きたいけれど知りたくない質問をする。

「僕がガイドだということを、あなたは知っていましたか」

「ああ」

涼風は拳をぎゅっと握りこんだ。

「それは、いつからですか？」

「今年の一月。出勤途中できみが倒れたあのときだ」

あ、と涼風は顎をあげて目を瞠《みは》った。

「じゃあ、あなたが……？」

あの朝、涼風は猛烈な頭痛に襲われ気を失った。

結局あれがきっかけとなり、ガイドとしての能力が発現した涼風はそののち病院で目を覚ましたが、倒れた自分を誰が助けてくれたかは教えてもらえないままだった。

——すまない。俺が……。

いままで頭にかかっていた霧《きり》がすみやかに晴れていく。そうだった。あのときの声の持ち主はこのひとだ。

「あなたは、僕に『すまない』と言いました。どうしてあやまったんですか」

「あのとき偶然行き合って、きみの能力を引きずり出したのが俺だからだ」

「あなたが？」

「ああ」

「きみはセンチネルである俺にたまたま遭遇し、眠っていたガイドの力を強制的に発現させられたんだ」

「最初から……僕がガイドだということをあなたは知っていたんですね」

「ああ」

「どうして。なぜこの島に来たんですか」

藍染はすぐには口をひらかなかった。沈黙に耐えられなくて、ふたたびこちらから問いを発する。

「僕を……あなたのガイドにしようとしたから？」

「いいや」

彼はきっぱり言い切った。

「きみを俺のガイドにするつもりはない。俺は誰もガイドにしない」

「……そう、ですか」

胸の中にもやもやしたものが生じている。

ガイドにさせられるのが嫌で、あんなに呼び出しを恐れていたのに、いざ藍染にこう言われると……なんだか気持ちが沈んでしまう。

「だったら、あなたはなんのために」

知るのが怖くて、けれども聞かずにはいられなかった。

嫌な予感に心臓を摑まれて、息をするのも苦しくてしかたない。

藍染は青褪《あおざ》めた涼風の顔を見ながら、平板な声音で言った。

「きみとつがいの登録をするために」

「つがい……？」

「聞いたことはあるだろう」

それは、ある。講習で教えてもらった。張りめぐらせたガイドのシールドをも破れる、めったにない事例としてだ。

――特殊な場合？

――よほど相性がいい場合です。つがいと呼ばれる相手同士は共感能力が桁違《けたちが》いにあがります。しかし、自分のつがいとめぐり合える可能性はコンマ一パーセントに満たないものです。

「でも……僕は、そうだとは思えませんが」

このひとが自分のつがい？

信じられなくてつぶやいた。

「きみは大人になってから突然ガイドの力に目覚めた。だからその能力は未分化のままなんだ。だが、きみも感じているだろう？」

「な、なにを……？」

「俺たちが惹かれ合っていることを」

ドキッと心臓が跳ねあがった。

ふたりは惹かれ合っている？　だとしたら、このひとも自分のことを……？

「つ、つがいの登録をするためって、どうして、いえ、どんなことをするんですか？」

このひとは自分を求めてこの島まで来たのだろうか。

自分がつがいの相手だとわかったから？

胸の音がうるさいくらいに鳴っていた。

藍染は静かな調子で涼風の問いに答える。

「俺にはきみがつがいだとわかっているが、自己申告では足りないそうだ。つがいを見つけたセンチネルとガイドとは、両者ともに能力値が急上昇する。一緒にいればいるほど、深い接触をすればするほどその値は桁外れにあがっていく。だが、俺ときみとはいまだその数値に達していない」

だから、と藍染は淡々と言葉を継いだ。

「もう一段階深い接触をおこなえばいい」

「ふ、深いとは……」

問う声が震えている。怖いのかどうなのか自分ではわからないが、怯《おび》えた顔に見えたのかもしれなかった。わずかに藍染は眉間をせばめて打ち明ける。

「セックス。あるいはそれに類した行為だ」

涼風は絶句した。さらに藍染は事務的と思えるような口ぶりで告げてくる。

「ここ最近はかなり能力値が高まっているようだから、挿入まではしなくてもいいと思う」

「そっ……」

続く言葉が出てこない。唇を震わせる涼風を眺めつつ、藍染はなだめる口調を投げてくる。

「一回だけだ。それで結果が出せれば、以後はそうした行為はしない」

彼の言葉に涼風はショックを受けた。

自分がなにに衝撃を受けたのかはわからない。けれども心がぺちゃんこになっていた。

「これきりだ。このあと俺は絶対きみに触れないから」

今夜だけ許してくれと彼は言う。

涼風は伸びてきた手を反射的に振り払った。

「い……嫌っ！」

立ちあがる余裕すらなくなっていた。涼風は尻を畳につけたまま後ずさる。そのあと背中をなにかにぶつけ、逃げられないまま横に何度も首を振る。

「いや……嫌です……っ」

「涼風くん」

藍染は頬を強張《こわば》らせていた。その表情が苦しくてたまらないように見えたのは自分の気のせいなのだろうか。

しかし、涼風がなにか言うほどの気力を取り戻す前に、彼は伸ばしていたほうの手をぐっと内側に握りこんだ。

「……わかった」

そうして藍染は腰を浮かせる。

「時間を置いて、またこの件を話し合おう」

そう言い残し、長身の男は部屋を出ていった。

＊

藍染が階段を下りていくと、美鈴さんが茶の間からこちらに顔をのぞかせていた。もの問いたげなその表情で、不穏な気配を心配されていたとわかる。

そういえば、今夜は帰りの挨拶もしなかった。藍染は彼女に向けて会釈した。

「ばたばた出たり入ったりで、すみません。俺は今夜から蓬莱亭《ほうらいてい》に泊まります。しばらくは、こちらに戻ってこられないと思います」

「はあ、それはええけんど」

美鈴さんは廊下に出て、天井を振り仰ぐ。その仕草は、二階の住人を気にするものだ。

「もうしわけありませんが、涼風くんにそのことを伝えてもらえないでしょうか」

「ああ、それもええよ。ええけんど」

「彼にはまた俺のほうからも連絡します」

「ほんまじゃのう。ほんまに連絡しちゃってのう」

「はい。かならず」

藍染が請け合うと、美鈴さんはためらいがちに口をひらいた。

「そのなあ。涼風さあはええ子じゃけん。可哀相なは、いけんよう」

それには無言でうなずくしかできなかった。

藍染は玄関から外に出て、駐めていた車の中に移動した。エンジンをかけ、アクセルを踏みながら、低いつぶやきを車内に落とす。

「可哀相なは、いけんよう、か」

そのつもりでこの島に来た。長くつづく可哀相と、一回きりの可哀相なら、後者のほうがまだましかと思ったのだ。

だが……今夜の様子を思い返せば、自分のしたことは果たして正しかったのか。

乗用車のヘッドライトだけを頼りに暗い夜道を進みながら、藍染はかつての会話をよみがえらせた。

――それですが、俺の個人資産の総額でその権利を譲ってもらえないでしょうか。

藍染が申し出たその相手は、派閥の領袖《りょうしゅう》であるセンチネル。場所は政府のセンチネル専門機関。その施設の一室で対峙《たいじ》する藍染と政治家は、最近力を発現させたガイドをめぐって協議の時間を持っているのだ。

――きみの？　それはどのくらいの額になる？

藍染が金額を提示すると、相手の男は目を瞠った。それもそのはず、藍染コーポレーション創業者の個人資産は、力のある政治家にとっても息を呑むほどのものだからだ。

七十近いその政治家は、しばらく迷う様子だったが、しかし肥《ふと》った身体から息を盛大に吐き出して言う。

――それでもきみ、譲れんよ。

――ですが、決して悪い話ではないはずです。まだ力のほどもわからないガイドひとり。

あなたはすでにガイドをお持ちだ。スペアを用意しておくにせよ、今日明日の話でなくてもいいでしょう。今回のあのガイドは看過していただけませんか。

――政府公認のガイドは、右から左に斡旋されるものではないよ。きみも知っているとおり、ガイドを欲しい人間はつねにいる。わしの能力の維持増大にくらべれば、どれほど金を積まれても引き換えにはできないね。

政界でも幅を利かせるこの男は、さらなる権力拡大が第一で、そのためにごり押しでふたり目のガイドの斡旋にこぎつけた。スペアのガイドも得ておのれの力が安定して増強できれば、金はまたいくらでも手に入れられるというわけだ。

――わかりました。しかし俺も引き下がれません。

それならと藍染は次のカードを交渉のテーブルに置く。

――あのガイドは俺のつがいなのですから。

――つがいだと⁉　そんな馬鹿な。

驚愕《きょうがく》したのち、その政治家は交渉の場に控えていた仲介役の担当官に事の真偽を問いただした。

――きみ。それは本当かね⁉

――はい。事実です。

苦りきった顔つきの政治家は、信じられんと食い下がった。

──つがいなどがそうそう見つかるわけではあるまい。それでもう登録は済んだのか？

──まだです。

感情をこめない声で、担当官はそう言った。

──おふたかたともご存じでしょうか、つがい登録は一生ものです。つがいを得たセンチネルは、いかなる状況においてもそのガイドを優先的に保有できます。他者の横入りはできませんし、先に他者のものであっても所有の権利を主張できます。センチネルとガイドのあいだで交わされた契約にも先んじる、つがい登録はそれほど特権的なものです。

だからこそ、と担当官は続けて述べる。

──つがい登録の可否は精査されなくてはならないものです。自己申告のみで許可するわけにはいきません。最低でも両者の能力が飛躍的に増大すること。また、共感能力が完璧《かんぺき》に同一の波形を描くこと。それが条件になってきます。

──ようするに、いまだにつがい登録は完了していないということだ。

老齢の政治家がにんまり笑う。

──しかも、できるかどうかもわからない。これならあのガイドの斡旋は予定どおりになりそうだな。

あくまで冷静さを崩さないまま、藍染は相手に応じる。

──いいえ、登録はかならず。あのガイドは大人になってから能力を発現しました。ガイドとしての自覚はなく、身の上の変化にもひどく怯えているようです。ガイドであることも受け容れられていないのに、つがいの証明を無理強いすることはできません。貴重なガイドをここで壊したくないのなら、いましばらくの猶予をこちらにいただきたい。

――なにを悠長な。猶予など必要ない。

憤然と文句をつけたのは政治家で、担当官はそれを制してしばらく席を外すと言った。まもなく室内に戻ってきた担当官は、上部からの裁定だと言い置いて、

――それでは半年間の猶予期間を設けます。そのあいだにつがい登録が済まなければ、藍染氏の申し立ては却下。ガイドは当初のとおり、斡旋先にその身柄を預けられます。

それで決まった。

藍染は最初の二カ月間をあの青年が島の暮らしに慣れ、気持ちが落ち着くために使った。そのあとも様子を見ながら段階的に近づいた。あの青年の視野に入ることに慣れさせ、声を聞くこと、傍《そば》にいることにも慣れさせた。この頃は軽いスキンシップにも抵抗感が薄れているのか、物の受け渡しをするときに指が触れても平気だった。能力値の測定も順調に伸びを示し、あとはひと晩の交わりで目的が完遂できる、そのレベルにまで到達したのだ。

これまでは計画も経過も順調。そんなふうな自信があった。

そもそも自分はガイドなど求めない。あの青年も同様に、センチネルやつがいの相手に繋《つな》がれて生きることを欲していない。彼はただひっそりと暮らしていたいだけなのだ。

それがわかっていて、だから最善の手段を取ってきたと思った。

ひと晩だけ、自分に愛撫されることを許してもらい、つがいとしての能力値を得る。そのあと自分はここを去り、あくまでも名目上のつがいとして、彼を一生保護していこうと。

なのに……自分の心が自分を裏切る。

あの青年を占有したい。心も身体も自分だけのものにしたいと。

彼はあんなにも自分を怖がり、嫌がっていたというのに。

車はやがてシェアオフィスに到着し、藍染は借りている合鍵で施設内に入っていった。

誰もいないブース席で連絡をつけたのは、司法機関の特別部門。通話に出た受付は藍染のIDを確認したのち、担当部署に代わると告げた。そうしてまもなく男の声がそこから流れる。

『藍染丈瑠《たける》さんですね。こちらはセンチネル特別対策本部です。今晩はどうされました？』

「この島にいるセンチネルの男について話があります」

『相手の名前は？』

「室尾です」

『わかりました。でしたらどうぞ。お話を伺います』

それを受けて藍染は室尾のこれまでの言動を客観的に報告していく。

この対策本部はセンチネル専門の窓口で、超感覚者同士のトラブルや、犯罪に類することを担当する部署だった。現場の指揮官はセンチネルであることが多く、これは一般人とはかけ離れた能力者相手であることを勘案しての体制だ。

対策本部の担当官は、藍染の報告をひととおり聞いたあと、『了解しました』と告げてくる。

『その室尾という男については、いままでにも問題行動が目立っています。今後、必要に応じてはあなたのご意見も伺うことになりますが、ご了承くださいますか』

「はい。それで今後の処遇ですが、室尾はこの島からそちらの部署に出頭ということになりますか」

『即答はできませんが、その可能性は高いでしょう。決まれば本人にはその旨を通知します』

「わかりました。お願いします」

藍染は通話を切り、椅子《いす》の背もたれに身体を預けた。

このぶんなら十中八、九、室尾は特別対策本部に出頭を命じられる。行けば、当分この島に帰ってこられないだろう。

次に藍染は自分の秘書を通話口に呼び出した。

「夜分にすまないが、緊急を要することだ」

そう断ってから、室尾についての指示を出す。

「あとでデータを送っておくから、その人物の身辺を徹底的に洗ってくれ。手段はきみにまかせるが、最重要事項として迅速かつ完璧な調査を頼む。そして、その調査中にわかった事実は、俺とセンチネル対策本部の担当官に報《しら》せてくれ」

承知しましたという返事を聞いて、藍染は通話を終える。

これで室尾の件はひとまず手を打っておいた。

そして、あとひとつ。

藍染は政府直轄のセンチネル専門機関にアクセスし、いくつかの認証を経て担当官を呼び出した。そうして通話に出てきた相手に、おもむろにこう告げる。

「ひとつ聞きたいことがある。つがい登録の申請を取り下げてなお、あのガイドを誰にも属さない立場にするには、どれくらいの代償をそちらに支払えばいいだろうか」

*

「行ってきます」

涼風は美鈴さんに挨拶して下宿を出る。

あれから三日が経って、涼風の生活は以前とほとんど変わっていない。

いつものようにシェアオフィスで仕事をして、下宿先に帰ってきて自分の部屋で寝て起きる。変わったのは、藍染が自分の目の前からいなくなったことだった。

つがいの話を聞いた翌朝、美鈴さんから彼が当分この家に戻ってこないと教えられた。蓬莱亭にふたたび部屋を借りるから、そちらで寝泊まりするのだと。

しかも涼風がはたらいているあいだ、彼はシェアオフィスにも顔を見せることはなかった。試しに利用終了時間のぎりぎりまで粘ってみたが、ついに彼は戻ってこないままだった。

きっと藍染はつがいの話を拒否したことで自分を避けているのじゃないか。

さんざん思い悩んだ末に、涼風は考える。

もしもつがいになることが目的で自分に近づいてきたのなら、当面は顔を見たくないくらいがっかりもするだろう。

きみを俺のガイドにするつもりはないとあのひとは言っていた。つがい登録をするためにきみに触れるのは一度だけとも。

それならやっぱり自分自身はいらないのだな。

沈んだ気持ちでそう思う。

いまは避けられているけれど、彼はふたたび連絡を寄越してきて、つがいになろうと言うのだろうか。

それはきっとそうなるはずだ。つがいを証明できるほど桁外れの力とはどんなものか知らないが、それだけが必要でこちらに近づいてきたのなら。

そのとき自分が承知すれば、彼が告げてきたもう一段階深い接触をすることになる。あのひとに触れられて、つがいになるまで身も心も繋がれて……。

そしてそのあとは？　力を得られれば用済みか？

おそらくそうだと思いもするし、そんなひどいひとではないと考えたい自分もいる。

――怖がりでもいいじゃないか。

あのとき彼はそう言ってくれたのだ。あれは確かに自分の心を照らしてくれた。それは嘘偽りのない本当の出来事だった。

だったら……自分は彼に触れられるのを許せるだろうか。

とっさに拒絶したけれど、今度彼から求められたら自身を預けられるのか。

「……わからない」

そのときにどうするのか、どうしたいのか、自分の気持ちが推し量れない。

彼と自分はセンチネルでガイド。そして能力値をあげられるつがい同士。

厳然たるその事実が涼風を打ちのめす。

結局はそれだけの関係なのか。違うような気もするけれど、あのときの彼の言葉と行動はその疑いを否定できるものではなかった。

そこまで考えて、涼風はうなだれた。

胸が痛くて、苦しくてしかたない。

ふたたび彼に会うのが怖い。彼の本心を知るのが怖い。彼もまたつがいの力を得たあとは、おまえなんかいらないと放り捨ててしまうのだろうか。かつて両親がしたように、自分などは最初からいないも同然の存在にされるのか。

押しひしがれた気持ちのまま、さらに五日間が過ぎ——ついにその連絡がやってきた。

「藍染さんが媛島《ひめじま》で待ってるって」

シェアオフィスでのランチのときに、高浜店長がそう言ったのだ。

「媛島ですか？」

鼓動を速くさせながら問い返す。いよいよという想いに胸が締めつけられていた。

「うん。涼風くんは知らなかった？　ちょっとしたいわれのあるところだよ」

「えと。この島の地域誌で読んだことはありますが」

気もそぞろになっていて、ほとんど上の空で言う。

「そう。汐媛《しおひめ》伝説を知ってるんだ」

「はい、いちおう」

以前に藍染から借りた冊子でその概略は知っていた。あれはどんな話だったか。気持ちを落ち着けたくて、無理やりそちらに意識を向ける。

たしか……汐媛は、このあたりの海を統《す》べる海神の娘だった。ある日、彼女は緒可島《おかじま》の若者と恋に落ち、この島の岬《みさき》にあがって逢瀬の時間を持っていた。けれども、娘の恋路をよく思わない海神は、海に向かって伸びていた岬を削って島にしてしまったのだ。そして同時に呪《しゅ》をかけた。このちいさな島がふたたび緒可島と繋る日まで、媛は陸地にあがれないと。

そのために汐媛は陸との縁を絶たれてしまい、海の中から出られない。若者に逢えなくなって嘆き哀しむ汐媛に、あるとき腹心の太刀魚《たちうお》が知恵を授けたという。媛の帯をいまは削られたちいさな島から緒可島にかけて渡っていけばいい、と。

「涼風くん」

その伝承を思い出しているうちに、いつの間にかうなだれていたのだろう。顔をあげると、やさしげな店長の表情が前にある。

「この緒可島から媛島に渡れるのは引き潮のときだけなんだ。そのときに、汐媛の帯の上を歩いて渡れば、幸せになれるんだって。そんな言い伝えもあるんだよ」

「そうなんですか……」

自分にそれを当てはめることはできず、力ない声を洩らした。店長はにこりと笑って、

「大丈夫。涼風くんはいい子だもの。きっと幸せになれると思うよ」

「あ、ありがとうございます」

やさしい言葉がうれしくて、けれども幸せになれる予感はまったくなくて、涼風はなんの確信も持てないままに頭を下げた。

そして夕刻。蓬萊亭の送迎車がオフィスまでやってきて、涼風を媛島まで送るという。

「行っておいで」と高浜店長にうながされ、涼風は媛島が見下ろせる岸壁までやってきた。

緊張しきって道路脇の空き地で降りると、おなじ場所に停車していたそこからも男が姿を現した。

「藍染さん……」

言ったきり、涼風は動けない。胸に強い感情がこみあげて、ジャケットにスラックスを身に着けた端整な男の顔を見つめることしかできなかった。

「わざわざ呼び立ててすまないね」

「あ……いえ」

気まずいことがあったからこそつとめて普通の雰囲気で顔合わせをしたいのに、自分の頬は強張ったままだった。藍染はさりげなく視線を外し、涼風に背を向ける。

「少し歩こうか。車はここで返すけど、戻りは俺が送っていくから」

「はい」

涼風は藍染のうながしで岸壁を降り、陽光が斜めに注ぐ緒可島の砂浜を歩いていく。島から伸びる砂の道は波がゆるやかに打ち寄せていて、あと二時間はこのまま道をつくるのだと振り向いた彼が言う。

「この道は地元の人間しか知らないんだ。船の立ち寄り場にもならないし、媛島には湧き水もないからね。だから、たまに子供が遊びに来るくらいだ」

涼風がうなずくのを見て、彼はさらに歩を進める。それ以上に会話をすることはなく、まもなくふたりは媛島にたどり着き、そこから天然の上り坂を通って島の高みを目指していった。

「ここは夕陽が綺麗ないい場所だから、いつかきみと来てみたいと思っていた。だから、夕方に道ができるこの日はいい機会かと思ってね」

なんとなく、これが最後の機会だから。そう聞こえたのはなぜだろう。

涼風は彼に返事ができないまま、一緒に坂道をのぼっていって、やがて島のてっぺんにたどり着く。ここの最上部には低木の茂みが広がり、西に向かってひらけた草地の場所があった。

「わあ……」

こんなときでも眼前に広がる景色は壮麗で、思わず感嘆の吐息が洩れた。

点在するちいさな島々と、白い波の模様を描く大海原。そして、まもなくその海に没していくだろう赤い太陽。

涼風が神話の世界を思わせる光景を眺めていると、ふっとなにかが聞こえてくるような気がした。

《おいで。さあ、愛《いと》しいひとよ》

一瞬それに気を取られた涼風は、訝しげな男の声にわれに返った。

「涼風くん?」

「あっ、はい」

夢からいっきに覚めた心地で脇に立っている男を見返す。と、ややあってから彼が静かに切り出した。

「きみに報せておくことのまずはひとつ。室尾は明日この島を出ていく予定だ」

太陽を背にした藍染の表情は逆光でよく見えない。影を前面に纏《まと》った彼は、そのあとも淡淡と報告を続けていく。

「センチネル対策本部が彼に出頭を命じたんだ。俺たちのあとをつけていたことだけではなく、余罪もそこそこあるようだから、たぶんこの島には戻ってこない。きみの前に顔を出すこともないだろう」

なんと言っていいかわからず、涼風は彼の話を聞くばかりだ。

「それから海津神社の祠の件。あれについては、役場と神社の社務所、その双方にはたらきかけた。結果、社の建て替えは資材が届き次第となった。それまでは神主にあの場を清めてもらい、仮の社を建てることになっている」

涼風はようやく「はい」と声が出た。藍染は感情を表わさないまま話を続ける。

「それからあとひとつ。俺はこの島を明日出ていく」

え、と涼風は目を瞠った。

「つがいの件ではきみに不快な想いをさせた。あれはどうか忘れてほしい」

「忘れ、て……?」

「ああ。あの話は終わったと考えてもらえばいい」

それは自分がいらないということだろうか。

つがいにすれば能力値があがるはずだが、その見込みすらなくなった。そう判断されたからか。

茫然《ぼうぜん》としている暇に、彼はゆっくり踵《きびす》を返した。

「それではそろそろ戻ろうか」

言うだけのことは伝えた。もうきみに用はない。そのようにしか思えなかった。

「あ……」

なにか言いたい。伝えたい。けれども言葉が出てこない。

涼風はとっさに駆け寄り、彼の肘《ひじ》に手を触れた。その瞬間。

「……っ！」

ふたり同時に身体が震えた。

「あ……あ……」

突然、彼のいる情景が涼風の頭の中に渦を巻いて流れこむ。

――こちらはセンチネル特別対策本部です。今晩はどうされました？――その人物の身辺を徹底的に洗ってくれ。手段はきみにまかせるが、最重要事項として迅速かつ完璧な調査を頼む――つがい登録の申請を取り下げてなお、あのガイドを誰にも属さない立場にするには、どれくらいの代償をそちらに支払えばいいだろうか。

これでわかった。理由を知った。涼風はこくんと唾《つば》を飲んでから口をひらいた。

「室尾さんも……つがいのことも……まさか、この僕のために？」

藍染はこちらに背を向けて動かない。涼風はさらにたずねた。

「つがい登録を取り下げて、僕を自由にするために……あなたはどれだけの代償を払おうとしたんですか……？」

彼はぐっと息を呑み、触れていたこちらの手を振り払うと、冷ややかな声音を投げる。

「きみには関係ないことだ」

「関係ない？」

「ああそうだ。俺にきみは必要ない」

「……あ」

ひそかに恐れていたことをいまはっきりと言われてしまった。自惚《うぬぼ》れるな、おまえなど必要ないと。

涼風は真っ青な顔色で唇を震わせる。振り向いた藍染は硬い表情で言葉を継いだ。

「必要ないのは、つがいとしてだ。俺が勝手にそう決めたから、代償のことについてはきみは気にしなくていい」

心配すらさせてくれない。なぜなら自分は関係ないから。

そうとわかれば呼吸をするのも苦しくて、かすれた声が喉からこぼれた。

「僕が、つがいとしても使えないから」

「違う」

藍染が真剣な顔をして否定する。けれどもなにが違うのかわからなかった。

「きみは俺とつがいになることを怖がっていた」

「だから……あのときに怖がったから、僕がいらなくなったんですか」

「そうじゃない。そんな話じゃないんだ」

だったらなんだろう。うつむきかけて、涼風は気がついた。

なぜこのひとはセンチネルの専門機関に巨額の代償を支払おうとしたのだろう。つがい登録をしないにしても、ガイドが不当に拘束されることはない。『一般的には』そのはずだけれど、いまの事情がそれとはことなっているのなら。

「あの……もしかして、僕に呼び出しがかかっていますか」

半信半疑で聞いたけれど、藍染はむずかしい顔をして黙っている。

「僕は、あなたじゃないセンチネルのものにならなくてはいけませんか」

「そんなことは絶対させない」

きつく言い切られ、それでかえってわかってしまった。

どこかの誰かが自分をガイドとして求めているのだ。このひとが大きな代償を払わなければならないほど、圧倒的な存在のセンチネルが。

ならばこれは『一般的な』ケースじゃない。行ったら、この島には戻れない。強い力を持つセンチネルに身も心も支配される。

それは嫌だ。戦慄しつつ涼風は心で叫ぶ。ほかのひとに触れられるのは耐えられない。このひと以外の誰かのものになるのは嫌だ。

必死にそこまで考えて、涼風は息を呑んだ。

好き、なのだ。いつの間にか、自分はこのひとのことが好きで……。

「……でも」

涼風の唇から呻きにも似た声が洩れる。

「僕はあなたのガイドじゃなくて、つがいにもならないんです。だから、あなたに僕の肩代わりはさせられません」

好きだからこそ、彼に負担はかけられない。このひとにとって、自分はなんでもない人間だ。彼に犠牲を払わせるわけにはいかない。

「すみません。自分のことなのに気がつかなくて」

笑え、と涼風はおのれに命じる。せめて最後は泣き顔ではなく笑顔の自分を記憶の中にとどめてほしい。

「見てください。夕焼けです」

それでもやっぱりじょうずには笑えないから、海のほうへと姿勢を変えた。

「せっかく連れてきてくださった場所だから、この景色は忘れません。僕はずっとおぼえておきます」

「涼風くん」

ひそめた口調で彼が言う。

「きみは本当にそれでいいのか」

「僕、は……」

そのときふたたびどこかで声が聞こえた気がした。

《愛しいひとよ。帯の道を渡っておいで》

傾ききった太陽は海と空とを炎の色に染めている。風は陸から海へと吹く向きに変わったようだ。

「……あなたが好きだ」

ふっとその言葉が口をつく。頭をめぐらせて眺める男は大きく目を見ひらいていた。

「聞こえませんか。緒可島の若者がそう言って、汐媛を招いています」

自分には聞こえる声が彼にも聞こえているだろうか。すぐ傍で佇む男はまばたきもせずこちらを見つめる。

「恋しいひとよ、今夜も自分の許に来て。そして朝まで愛し合おう。そんなふうに誘っています」

「……きみは」

目の圧を強めて彼がつぶやいた。

「俺がつがいにならないから、肩代わりはさせられないと言うんだな」

夕陽とこの島が立ちのぼらせる気配に包まれ、涼風は半ば以上を夢見心地でうなずいた。

「それなら俺がきみのつがいになればどうだ」

「あなたが？」

「きみをべつのセンチネルには渡さない。いや、センチネルに限らない。どこの誰でもきみはやらない」

「え……」

どうしてそんなことを言うのか。彼の本心はわからない。でも、彼がほかの誰にもやりたくないと言うのなら……。

「二度は聞かない。きみはどうする」

おののきながら、それでも指がかすかに動いた。靴先もまた、彼のほうへと。

「俺に抱かれてもいいなら、来い」

その瞬間、涼風の細胞のひとつひとつがいっせいにざわめいた。

自分から抱きついたのか、それとも引き寄せられたのか。

キスされたと感じたのは唇を吸われてからで、片方の頰を離れた彼の手がこちらの腰に回りこむ。

「ん……ん、っ」

下唇を思うさま吸われたあとで、くちゅりとなにかが口腔に入りこむ。

「ふ……ん、ん……っ」

皮膚《ひふ》にさあっとさざ波が走る感覚。

でも、嫌じゃない。むしろ自分の内部にあるどこかのスイッチを押された気分だ。

ぬるぬるした感触が自分の口の中にあり、それが歯列を這《は》い、舌を舐め、自由自在に動いていくたび、なにかわけのわからない情動がおのれの内側から湧き起こる。

「う……んっ、ふ」

怖い。こんなのは初めてだ。頭の中がぐるぐる回る。背筋がゼリーみたいになって、立っているのも耐えがたい。

両腕が自分でも知らないうちに男の背中に回されて、すがる仕草で彼のシャツに手をかけた。

「涼風くん」

いったん唇を離した男が、耳元でささやいてくる。

「可愛いな」

甘いのに、ひどく獰猛《どうもう》な響きだった。そのあと耳殻をかるく噛まれ、やわらかい耳たぶを食《は》まれてしまって、なにを言うこともできずに息を弾ませているばかりだ。

「ん、あ……っ」

うなじに唇を押し当てられて、そこを強く吸いあげられた。とたん、ビリッと電流が走り抜け、ちいさな叫びがほとばしり出る。

「そんな声を出さないでくれ」

うなじに舌を這わせながら男がささやく。

「きみにひどくしてしまいそうだ」

言うなり彼は涼風の肩を摑んで体重をかけてきた。こらえられずに草地の上に仰向《あおむ》けに倒れこみ、自分にのしかかっている男を見あげて息を呑む。

「あ……藍染さん……っ」

ぎらつく男の眸が怖く、なのに自分の身体の芯は熱を持つ。

「感じてる」

自分の身体の中心に手を当てて男が言った。

「きみは俺に触れられて嫌じゃないんだ」

「ひゃ、あ……っ」

生地の上から摑まれて、反射で背筋が跳ねあがる。

「気持ちがいいだろ？」

男のキスと愛撫とで、頭に霞《かすみ》がかかっている。涼風は無自覚にかぶりを振った。

「気持ちい……です……」

「本当に？」

「あ……はい……っ」

うなずくと、服の上から感じるところをたっぷりといじられたあと、シャツの前をはだけられ、胸に直接触れられた。

「ひ、ん……っ」

「ちいさくて可愛いな。吸ったらどんなになるだろう」

「や。だ、だめっ」

とっさにそう言ったのに、彼は顔を伏せてきて、右の胸の尖《とが》りに唇を当ててくる。

涼風の身体が跳ねてもかまわずに、そこに吸いつき、吸いあげて、舌の先で転がした。そのうえ左は人差し指と親指とで摘まみ上げ、そこをくりくりと擦《こす》りあげる。

「いや……やだ……っ、こ、こんなっ……」

あちこち痺《しび》れて、どうしようもないくらい疼《うず》きを感じる。こんな経験はこれまでにおぼえがない。情けないと思うけれど、弱音が口からこぼれて落ちる。

「こわ、怖い……っ、やだ……藍染さん……っ」

涙をぽろぽろこぼしながら、目の前の男を呼んだ。すると、彼の眸の強さがふっと緩み、涼風の上体を掬《すく》いあげるや、引き締まった彼の頬を自分のそれにそっと擦りつけてくる。

「大丈夫。きみのすべては奪わない」

「あ、藍染さん……っ」

「うん。だから、あとちょっとだけ。きみのそこを楽にさせてくれないか」

身体のあちこちがびりびりして苦しいから、そこがどことはわからないままうなずいた。

「それじゃあ、きみも俺のほうに腕を回してしがみついて」

うながされて、足を投げ出して座っている格好のまま、彼に言われたとおりにする。

「きみは目を閉じてていい。俺もきみを見ないようにしておくから。ただ感じるだけ。それだけでいい」

藍染とは向かい合わせに、自分の上体が斜めになる姿勢で抱きつく。そうして目蓋を閉ざした直後、

「……あっ」

彼の手が自分のボトムの金具に触れる。そうしてそこをひらいてしまうと、下着の中に手を入れた。

「そ、そこ、はっ」

「うん。たぶんこれならさほどもかからず終わるから」

言いざまに涼風の軸を握って擦りはじめる。

「あっ、あっ」

熱い。溶ける。そこをそんなに擦られたら変になる。

「あい、あいぜ……っ……や、あっ……とけ、溶けるぅ……」

「大丈夫。すぐに済む」

「で、でも……あ、ああ……っ」

気持ちがよくて、熱くて、おかしくなっている。知らないうちに両方の踵《かかと》を引き寄せ、腰がわずかに浮いていた。

「さすがに、だ。見ないようにしていても、くらくらするな」

男が低い声音でつぶやく。その意味は摑めないまま、涼風は湧きあがる快感に押しあげられる。

「あ、あいぜんさ……っ、で、出そう……っ」

「出していい」

「で、でも……っ、あ、や……っ」

軸を強く擦りあげられ、涼風のためらいは消し飛ばされる。

気がつかないまま下着のなかから取り出されていた自身のそれがびくんと震え、堰《せき》を切って快感が放出された。

「あ、あ、あぁ……っ」

これは涼風が知っていた射精の快感とはまったく違う。自分の関節がすべて外れ、ばらばらにされてしまった感覚に近かった。

どこにも力が入らない。しがみついていた指からも力が抜け、くたりと倒れこもうとするのを強い彼の腕が支える。

「もう終わった。大丈夫だ。このまま眠ってかまわない。あとは俺がちゃんとしておく」

そんなことを聞いたような気がするが、いつの間にか目の前のなにもかもが薄らいで、やがて見えなくなってしまった。

◇　◇

涼風が目を覚ましたとき、身体の上になにかがかけられているのに気づいた。

まばたきして見あげれば、自分の隣に座る男がこちらを見下ろしている。

「藍染さん……？」

一瞬、自分がどこにいるのかわからなかった。

「地面の上に寝させてしまってすまなかったね」

どこも身体は痛くないかいと藍染が聞いてくる。それでさきほどの行為をいやおうなく思い出し、涼風は頰を染めてうなずいた。

あれがつがいになるということだろうか。自分の身体のどこもかしこも蕩《とろ》けてしまいそうだった。

大切に扱われ、気持ちのいいことだけを教えこまれ、それが怖くて涙ぐんだら、やさしい手になだめられた。

彼の手で自分の恥ずかしいところを暴かれ、快楽の頂《いただき》に達するところも見られてしまった。身体の骨がぐにゃぐにゃになるような、それでいて芯はびりびりするような、なにもかもが初めての経験だった。

でも……と涼風の頭の中にふっと影が差してくる。

このひとはどうだった？

自分は無我夢中になって、彼に愛されているような気分になって……だけど、このひとは？

それで涼風は気がついた。

このひとはいまシールドを張っている。これまではシールドを張っているとすらわからなかったが、この感覚はたぶんそうだ。

このひとは自分に心をゆだねていない。こうしてやさしくこちらを眺めて座っていても、その気持ちにはへだてがある。

「あの……」

どう言っていいかわからず、涼風は口ごもった。そしてそんな戸惑いが彼に伝わってしまったのか、あるかなきかの苦笑を彼は頬に浮かべる。

「帰ろうか。帯の道がそろそろ消える」

聞いて、涼風は自分の目覚めの早さを悔やんだ。

もう少し遅かったなら、ふたりは島に閉じこめられて、もっと一緒にいられたのに。

「おいで。もう日が暮れた。風があるから、そのジャケットは着たままで」

気づけば夕暮れはとっくに終わり、空に星がまたたいている。月の光を感じるから、周囲は真っ暗ではないけれど、陰になる場所では足元がよく見えない。

涼風は藍染のあとについて島を下り、すでに細くなっていた帯の道を歩いて戻る。そうして、緒可島の砂浜にたどり着き、岸壁の石段をあがったときに、意を決して口をひらいた。

「その……つがい登録はどうなりますか」

たとえ相手が強い立場のセンチネルでも、つがいの絆はそれを上回るはずだった。

このひとはつがいの申請を取り下げて、自分を自由にするために、大きな代償を支払おうとしていたのだ。だけどさっきの……あれでつがいの証明ができたなら。

「さあ、どうだろうね。能力値があがったような気がするかい」

聞かれてもわからなくて、涼風は口をひらいてまた閉じた。

「触れては駄目だよ」

彼の気持ちが知りたくて、つい腕を伸ばしていた。けれどもその前に制止され、涼風は途方に暮れる。不安で、胸が苦しくて、どうしていいかわからない。

ほんの少し前までは彼の腕に抱き締められて、愛されているような気がしたのに。あれはひとときの錯覚なのか。

そういえば、このひとは自分を好きだとひと言も口にしていなかった。

心臓を素手で摑まれる心地になって立ちすくめば、彼がつと右手をこちらに差し出してくる。が、それも寸前で止まってしまった。

「……つがい登録は再申請しておくつもりだ。ただ、規定値に達していてもいなくても、俺はもうきみには触れない」

愕然として男を見返す。

触れない、と彼は言った。つがいになろうがなるまいが、さっきみたいなことはしないと。

「でも……」

実際に触れてみて幻滅した？　島でのあれはそれほどうんざりするものだった？

やさしくしてもらったと感じたけれど、じつは自分の幼さに退屈していたのだろうか。

そう思えば、全身が凍《こご》えるような感覚がする。どうしようもなく取り返しのつかないことをしてしまった気分になって……くずれ落ちそうな気持ちのなかで、しかしとちいさな声がした。

「い、嫌だったのはわかります。だけど、つがい登録は……」

それだけはしてほしい。もはや自分のためだなんて自惚れる気はないけれど、このひとの支払うものが大きすぎる。

「お願いです。それだけは」

蒼白な顔色での懇願に、藍染がなにか言いかけたときだった。

「……っ⁉」

ふたり一緒におなじ方向に姿勢を変えた。

「藍染さん」

「ああ」

彼の言わんとすることを、聞かないうちからそうと知る。

「……海津神社」

「俺は行く。きみはここに」

「いいえ、僕も一緒に行きます」

本能がそう告げていた。

彼から離れてはいけないと。

「つれていってもらえないなら、走っても行きますから」

きっぱり言うと、彼はつかの間ためらったのち「わかった」とうなずいた。

「一緒に行こう。ただし、きみは神社の境内で待っていてくれ」

「はい」

「じゃあ俺の車に乗って」

そのあと大急ぎで駆けつけた海津神社の駐車場は、とくに変わった様子はなかった。薄暗い敷地の中には軽トラックと乗用車が駐められていて、付近は静まり返っている。一見はなんの変哲もない光景で、けれどもそこにある乗用車が涼風の目を引いた。

「藍染さん。あれは」

「ああ。室尾のだ」

直感でそれとわかった。媛島に行く前とはまったく違う。いまの涼風には室尾がどこにいるのかも把握できる気がしている。

駆け出す藍染を追いかけて涼風もまた境内に走りこんだ。ひと気のない境内は灯《あか》りに乏しく、周りはよく見えないはずだが、なぜか物の輪郭《りんかく》が浮き出すように感じられる。

自分にはこんな感覚はないはずだ。もしかして、この能力はつがいに関係あるものか。

そう思ったとき、いきなり藍染が足を止めてこちらを見返る。

「ここから先はきみは来るな」

「で、でも」

言ったとき、藍染が手を伸ばし、涼風の額のすぐ前に人差し指を突き出した。

「……あっ」

とたん、下半身の力が抜けた。彼はその場にへたりこんだ涼風を見下ろして、

「すぐ戻る。きみはここで待っていてくれ」

そう告げて、すばやい動作で踵を返す。

「まっ、待ってください」

言ったけれども、彼は足を止めなかった。駆け足で境内を突っきって、まもなく本殿からその裏へと男の姿は消えていく。

動けないまま置いていかれた涼風は神社の片隅であせるばかりだ。

どうして彼と一緒に行けない。自分が足手まといだからか。

「藍染さん……っ」

だけど、行きたい。傍に行きたい。そう願う涼風が悲痛な叫びを発した刹那。

「え……っ？」

ふいに目の前の光景が変化した。まばたきしてもまだ見える。

驚く涼風は感覚でそうと知った。この景色はきっとあのひとが目にしているものなのだ。

これもつがいの力だろうか。わからないけれど、いまの自分とあのひととの視野が繋がっていることは事実だった。

そう……もっと神経を集中させれば、彼の声も聞こえてくる。

《きみは自分のしたことがわかっているのか》

《これか？》

室尾が見せつけるようにして、いったんあげた靴裏でそれを踏む。

それがなにかを理解して、思わず涼風は息を呑んだ。

あれは……貴人の霊を祀ってある祠の一部だ。室尾はあの祠を蹴《け》り砕き、踏みつけて残骸にしてしまった。祠は恨みを呑んで眠る霊を鎮めるためのものだったのに。
《対策本部が出頭を命じたからって、俺がしょんぼりこの島を出ると思ったら大間違いだ。この祠がどうだとか大袈裟《おおげさ》ぬかしてやがったが、ほらこのとおりめちゃくちゃにしてやったぜ》
室尾が得意げに顎を反らす。藍染は抑えた響きで相手に応じた。
《自分のことは棚にあげての腹いせか》
《うるせえよ。おまえの魂胆《こんたん》はわかってるんだ。俺をこの島から追い出しといて、おまえがちゃっかりあいつを独占する気だろうが》
《きみに言いわけするつもりはない。どう思おうときみの勝手だ》
《は。よく言うよ。ガイドが欲しくないセンチネルがいるもんか。まあ見てろ。そのうち俺があいつをいただいてやるからな》
《あの子には手を出すな》
藍染が平坦な声音で言った。
《あの子は誰のものでもない。あの子自身のものなんだ。その口をいますぐ閉じて、ここを離れろ。この場所からも、この島からも。そうでなければ後悔することになる》
《だから、うるせえっての》

鼻で笑って室尾が嘯《うそぶ》く。

《俺がどこにいるのかは、それこそ俺の勝手だろ。おまえたちが気にしてるからぶっ壊してやったけど、こんな祠、どうってこたねえだろうが》

室尾が言って、壊した祠の木片を蹴り飛ばす。それからかろうじて無事だった神鏡を足の下で割り砕いた。

《よせ！》

藍染が怒鳴った直後、突然その異変は起きた。

《う、うわっ》

地鳴りがするほどの激しさで大地が揺れる。室尾が驚愕の叫びをあげて、思わずのけぞったとき、彼の足元からなにかが噴き出してきた。

《な、なに……っ⁉》

砕かれた神鏡から濃密な黒い霧が湧いている。闇色をしたその霧は途切れることなく噴き出して、またたく間に膨れあがった。

《見るな。逃げろ！》

大声で警告を発したのは藍染だ。しかし、室尾は動けない。あっという間に黒い霧につつまれて、自分の胸をかきむしる姿を切れ切れに見せたあと、地面に伏して転がった。

「あ、藍染さん……っ」

あなたも逃げて。叫びはしかし藍染には届かない。

邪気にまみれた闇の霧は密度を増して、さらに大きく膨れあがる。

《口惜しいぞ――恨めしい――なぜわれらが――》

そこから声さえも聞こえてくる。その凄惨な響きに涼風の背筋は凍り、同時に闇色の霧の正体を理解した。

《――許せぬ――われらの苦しみを思い知れ――万象ことごとく滅してやろう――》

これはこの世を超えたものだ。非業の果てに亡くなった都人。その恨みの念の集合体だ。

そのとき凛《りん》とした男の声があたりを払う。

「あなたたちはとうの昔にかたちを失い、祠に祀られた魂魄《こんぱく》だ。異界の霊は自身のいるべきところに戻れ」

しかし、藍染の命令に闇の存在は応じようとはしなかった。

《よくも長きにわたり、われらをこのような下賤《げせん》の地に封じてくれたな》

《この島をめぐりめぐって、生きとし生けるすべてのものの肺腑《はいふ》を爛《ただ》れさせてくれよう》

《そうよ。ひとたりも残すまいぞ》

荒ぶる気配を振りまいている黒い邪気の塊を藍染は制止する。

《待て。あなたたちを島に流した相手はもうこの世にいない。このまま恨みつらみをかかえて人間を害すれば、あなたたちは悪霊に転じてしまうぞ》

《賢《さか》しらな口を利くな。われらの哀しさがおぬしにわかってたまるものか》
《そうよ。まずはおぬしをとり殺してくれようぞ》
見ているしかない涼風にも、彼らが闇に堕《お》ちようとしているのが感じられる。依《よ》り代《しろ》である祠を失い、制御の利かない怨《うら》みの念を、いまのこの世に解放させようとしているのだ。
《俺に取り憑《つ》くつもりか》
けれども藍染はあくまでも落ち着いた声で言う。
《おおそうよ。おぬしの力は大きいが、われらもまだ負けはせぬ》
ここまで聞いて、涼風は愕然と目を瞠った。
わかった。彼の目的はそれなのだ。自身に霊を取り憑かせるつもりでいる。
「駄目です、そんなっ」
とっさに手をついた涼風は這って前に出ようとする。しかし、わずかも行かないうちに藍染が声を張った。
《いっせいにかかってこい。そうでなければ俺に位負けするぞ》
《おのれっ！》
黒い霧が藍染に襲いかかる。
そのあと見る間に彼の姿は黒い大きな塊に変わり果てた。まるでその全身は闇の炎に燃え包まれているようだ。

「や、藍染さんっ」
涼風は喉から悲鳴をほとばしらせた。
しかしその声は届かないまま、彼は燃え盛る闇の炎を巻きつかせた格好で、前に向かって歩きはじめる。
最初は祠のあった場所、そこから下り、本殿の裏から回って、やがて建物の内部へと。さらに彼は本殿の床の間を進んでいき、その奥に置かれている神鏡の正面で立ちどまった。
《聞け、霊たちよ。この島に呪詛《じゅそ》をばらまき、みずからもまた永劫《えいごう》に呪われるか。それとも、あの場所で眠りにつくか》
藍染はどちらにするか選べと言う。
黒い塊はまるで迷っているかのようにその輪郭を伸び縮みさせ、しばらくのちに軋《きし》む声をそこから発した。
《われらはかなたでの眠りを求める》
《したが、渡れぬ。道がわからぬ》
《俺がそこへの道を視《み》る。だが、そこまで繋げられるのはわずかのあいだだ》
繋がった瞬間に飛びこんでいけ。
センチネルの能力とはこれほどのものなのか。涼風にはどうやってか想像もつかないが、藍染は霊たちと本殿神鏡との縁を繋いでみせると言う。

《いいか。行くぞ》

間合いをはかっているように藍染が言う。そしてまもなく。空気を切り裂く掛け声がその場に響いた。

《いまだ！》

刹那、黒い塊がいっきに藍染から離れていく。膨れあがっていたそれは急速に細く長くなっていき、そのすべてが本殿の神鏡に吸いこまれるや、最初からなにもかもがなかったように鎮まった。

それはほんの短いあいだ、まばたきするほどの時間だった。

いまは静けさを取り戻した空間に藍染は佇んでいる。それからゆっくりと身体が傾《かし》ぎ、のけぞるように背を反らし――そのまま床にくずおれた。

「……っ！」

直後に涼風を縛っていた力が失せた。とっさに立ちあがり、本殿に向かって走る。

そうして全力で藍染の許《もと》に駆けつけ、床に倒れ伏している男の傍で膝を折った。

「藍染さんっ」

声をかけても仰向けになったままの相手はぴくりとも動かない。うなじに手を当て脈を探ればそれは確かに動いている。

「……追いかけないと」

いますぐに。そうしないと彼は帰ってこられない。

一瞬も迷わずに心を決めた。

涼風は仰向けに横たわる男の上に身を伏せた。そして彼の胸の真上に自分の頬をぴったり当てて、その脈動に耳を澄ませる。

……トク……トク……トクン……。

ああここだ。この道だ。

涼風は目を閉じて、彼の中にダイブした。

◇　◇

真っ暗な闇の中を涼風はゆるやかに落ちていく。いや、あるいはのぼっているのだろうか。上下左右の感覚はなく、背を丸め、両膝を曲げた姿勢で漂っていく。すると、まもなく声が聞こえた。
《丈瑠さま、お疲れさまです。お祖父《じい》さまのお加減はいかがでしたか》
《まもなく退院できるそうだ》
涼風が目を凝らせば、そこが総合病院のロビーとわかる。同時に丈瑠と呼ばれた八歳の少年が、ボディガード兼世話係の男を伴い祖父の見舞いに来たことも。

《そうでしたか。それはよろしゅうございました》
《よろしかった、ね。まあそうとも言えるか》
子供らしからぬ口ぶりを洩らしたあと、少年は心の中でつぶやいた。
――派閥の領袖であるあの祖父が亡くなれば、党派の後釜《あとがま》だの家の後継ぎだのと面倒ばかりが起きるから。
なぜか涼風はその少年の心の声まで聞き取れた。
赤みの交じる黒髪に、意志の強そうな彼の眸。その面差《おもざ》しには見おぼえがある。もしかすると、この少年は。
涼風がそう思ったとき、少年の横を歩く男が言った。
《ただいまお車を正面にお回しします》
《いや、いい。駐車場まで僕も行こう》
そうして彼らはロビーを出、巨大な白い建物の脇を通って、その奥へと足を進める。ふたりがちょうど渡り廊下の近くまで来たときに、ふいに少年が頭をあげた。
《上だ》
《はい?》
《走って、あれを受けとめろ》
男が少年の指差すほうに目線をあげて、ぎょっとする。

渡り廊下の真ん中で、若い女が両腕を振りあげて、なにかを放り投げようとしていたのだ。
とっさに男は駆け出して、女が投げた落とし物を危ういところで抱きとめた。
《赤ん坊か。間に合ってよかったな》
驚きに目を白黒させている男の脇までやってきて、少年が乾いた声でそう述べる。
母親から投げ落とされて、しかし泣くこともせず男の腕のなかにいる赤ん坊を彼は眺めて、そのあと首を斜めにした。
《なんだろう。なんだかおかしな気分だな》
《た、丈瑠さま?》
《おまえ、これを返してこい。それからそのときにこれの素性も探ってくるんだ》
その声を限りに、涼風の視界がふたたび暗くなった。
そのあとしばらくはゆらゆらと揺れていたが、やがて惹かれる気配があった。そちらに涼風が流れていくと、今度はあのひとの面影をはっきり宿した少年がいる。
《丈瑠、おまえの判定はどうなのだ》
《はい、父さん。僕にその素質は皆無だと》
どこかの屋敷の一室で交わされる親子の会話。
《ふん、なるほど。報告どおりというわけか》
父と息子とは思えないほどふたりのあいだの温度は低い。

《ですが、父さん。がっかりされるのは早計です。僕には試したいことがあります。脳科学の第一人者に繋ぎをつけてくださいませんか》
あなたならできるでしょうと十三歳の彼が言う。
《なんのためにだ？》
《今後の布石に。あるいはさらなる研鑽《けんさん》と水平展開のためでしょうか》
そう述べる少年を複雑な表情で眺めながら、彼の父親は承知した。
《わかった。そのとおりにしてやろう》
そうしてまた闇が訪れ、しばらくすると短い会話のみが聞こえる。
《丈瑠さま、あの子供の調査報告がまいりました》
《施設での生活に変わりはないか？》
《はい。ですが……》
《なんだ？》
《その。どうして丈瑠さまはあんな子供を気にかけるのです？　それは、育児ノイローゼの母親から殺されかけ、父親からも見放された身寄りのない子供ですが、ただそれだけのものでしょう》
《さあな、僕にもわからない。少し気になっているだけだ。それより毎年一回の報告は途切れさせずにつづけてくれ――写真？　それは必要ない。どんなふうに暮らしているか、その

概要を把握しておくだけだから》
そして暗闇。のちにどこかに引き寄せられる。
《――以上がヒューマン・トゥー・フォーシーイングシステムの概略となります。各位からのご質問は十五分間の休憩を挟んだのちに》
景色は高層ビルの広いオフィス。宙に浮かぶ全方位モニターを中央に、それを囲んでデスクに座る面々は高級スーツを纏った実業家たちだった。
説明していた男が部屋から出ていくと、そのうちのひとりが足早に追いかけてくる。
《藍染くん、質問をするまでもない。きみのシステムを是非わが社に》
《ありがとうございます》
《いや、その若さですごいものだ。まだ二十二歳になったばかりで、さすが藍染家の血筋だな》
《恐れ入ります。ですが、まもなく私は藍染家とは無縁の人間になりますので》
そしてまた場面が変わる。今度はどこかの私室のようだ。重厚な調度に囲まれた洋室は、個人のものとは思えないほど贅沢《ぜいたく》で広かった。
《勘当してくれだと？　おまえは正気か⁉》
《はい。父さん。俺はいたって正気です》
《許さん。おまえは大学を出たらすぐに私の秘書室に入るんだ》

《あなたの後継ぎならすでにいると思いますが。兄さんは優秀な男です。後顧《こうこ》の憂いはとくにないかと》
《おまえもだ。その補佐をしろ。そうでなければ、なんのために高い教育を受けさせたのだ。私はおまえのシステムとやらに投資するつもりはないぞ》
《それはご心配なく。すでに四社のスポンサーがついています。大学を出たらすぐに本格軌道に乗せますから》
《そのために、在学中からこっそり起業していたんだな。私が飛び級を勧めてもそれには乗らず、学生時代を延ばしていたのはそのためか》
《こっそりではありませんよ。祖父の許可は取っています。だからこそ、あなたは俺のすることを黙認していたのではないですか》
《丈瑠……！　後妻のつれ子だからといって、私はおまえを差別したつもりはないぞ。むしろ藍染家のためになる人間だと、期待をかけて教育したつもりだが》
《それは感謝しています》
《だったら、なぜ私の言うことを聞こうとしない。しょせんは言葉だけのことか。おまえがそのつもりなら言ってやるが、これも私には隠したままでセンチネルの再テストを受けたそうだな》
《やはり、ご存知でしたか》

《私を見くびるな。政府機関には顔の利く関係筋が何人もいる。おまえがセンチネルだったのも、すでに耳に入っているんだ。それに、テスト時のおまえの数値が特異なものだったとも。おまえはもしかして、自分で自分の能力値を調整することができるのか？》
《センチネルの再テストの件について、黙っていたのは謝罪します。ただ、あえてお耳に入れるほどではないと思ったので》
《おまえはまだ、私の質問に答えていないぞ》
《テストの結果は結果です。それ以上でもそれ以下でもないでしょう》
《丈瑠。おまえは……私のことを恨んでいるのか？》
《恨む？　どうしてです？》
《私が、その、おまえの母親を元夫から引き離し、ガイドとして使い潰して死なせたと思っているなら》
《俺はあなたを恨んではいませんよ》
《だが！》
《それはあなたがたの物語です。俺には俺の歩く道がありますから》
《………》
《恨むどころか、いままで養育してくださって、あなたには感謝の念をおぼえています。いずれなんらかのかたちで、この借りはお返しするつもりでいます》

黙りこんだ父親に一礼し、彼は扉のほうへと向かう。
《丈瑠》
《はい？》
彼はそこで足を止めて振り向いた。
《なぜ、いまになってセンチネルの再テストを受けたんだ。それもおまえの歩いていく道のためか》
《さあ……》
彼は曖昧な口ぶりで首を傾げた。
《この件に関しては部外者では通せない。そんな予感がしたからでしょうか》
そしてまた視界に黒い幕が下りる。この次に出てきた景色は、涼風には見おぼえのある都心の朝の街並みだ。オフィス街を行き交う人々の表情も足取りもほぼ一律で、まるで生体のホログラムを装備した機械人形のようだった。
二十九歳の彼はその日、新プロジェクトの早朝会議に出席するため、出社を急ぐ人波に交じって街路を歩いていた。いつもは使わない電車に乗ってここまで来たのは、たんに気まぐれを起こしたからだ。
たまには運転手のついた乗用車ではなく、公共交通機関を使うのも悪くない。そんなふうに彼が思っていることが、涼風に伝わってくる。

鉛色の空の下、彼はなにげなく反対側に流れている人波に目を向けた。

その刹那。彼の受けた激しい衝動を涼風もまた感じている。それは理屈とは関係のない直感だった。

——これは、そうだ！

彼のその強い想いが涼風にまっすぐぶつかってくる。

——これが、それだ……！

彼の激情が流れこみ、眠っていた涼風の心の一部を叩いて起こす。

深く静かな場所で揺蕩《たゆた》っていたものを無理やりに引きずり出され、涼風の意識が軋み悲鳴をあげる。

《きみ⁉　大丈夫か！》

その声を境にして、またも目の前が暗黒に塗り潰された。

しばらくはなにも見えず、聞こえない状態が続いていて、やがて涼風はなにかの気配がするほうに引き寄せられる。そちらに耳を澄ませてみれば、誰かが言い争っている声が次第に聞こえてきた。

《なんの権利できみが横入りをしようとするんだ⁉》

男は体格がよく、歳《とし》の頃は七十あたりか。長身の男を前に、ずいぶんと憤慨している様子だった。

《あのガイドは私のものだぞ》
場所はどこかの施設の一室。床も天井も白一色で、病院内か研究室であるかのようだ。
《それですが、俺の個人資産の総額でその権利を譲ってもらえないでしょうか》
《きみの？　それはどのくらいの額になる？》
藍染が金額を口にすると、相手の男は驚愕したようだった。藍染コーポレーション創業者の個人資産は力のある政治家にとっても魅力があったに違いないが、しかし相手は首を縦に振らなかった。
《それでもきみ、譲れんよ》
《ですが、決して悪い話ではないはずです。まだ力のほどもわからないガイドひとり。あなたはすでにガイドをお持ちだ。スペアを用意しておくにせよ、今日明日の話でなくてもいいでしょう。今回のあのガイドは看過していただけませんか》
《政府公認のガイドは、右から左に斡旋されるものではないよ。きみも知っているとおり、ガイドを欲しい人間はつねにいる。わしの能力の維持増大にくらべれば、どれほど金を積まれても引き換えにはできないね》
《わかりました。しかし俺も引き下がれません》
藍染はそれならばと次の手を打つ。
《あのガイドは俺のつがいなのですから》

そうして藍染は交渉の末、条件付きで相手の譲歩を引き出した。
《それでは半年間の猶予期間を設けます。そのあいだにつがい登録が済まなければ、藍染氏の申し立ては却下。ガイドは当初のとおり、斡旋先にその身柄を預けられます》
それで決まった。
期限つきながら、もらえるはずのガイドをいったんは白紙にされた政治家は憤然として問いかける。
《きみ、藍染くんと言ったかね》
《なんですか》
《きみは、あのガイドと契約するのか》
《いいえ。しません》
《だったら、どうして。あのガイドはきみにとってなんなのだ？》
彼は少し間を開けてから静かに答えた。
《そうですね。あのガイドは俺にとって『少しは気になっている存在』でした》
そのあとふうっと夜色の帳《とばり》が下りる。真っ暗ではなくわずかに青味の交じる空間。そのなかをゆるやかに流れていくと、向こうにかすかな明かりが見えた。
あちらに行きたい。なぜか無性にそう思う。
あそこに行きたい。だって、自分の欲しいものはあの場所でしか得られない。

流れにまかせていられなくて、涼風は水の中を泳ぐように自分の手足を動かした。

その甲斐《かい》あって、まもなくいまよりずっと下の、地の底でぼうっと光る『そのもの』を見《み》出《いだ》した。

「……あ」

ここに来て、初めて喉から声が出た。

「藍染さん」

言葉を紡《つむ》ぐと、いくつもの銀の欠片《かけら》が口から転がり出してきた。

まるで海中の泡が吹き出してくるように銀色のちいさな星に取り巻かれつつ、涼風はそちらのほうに近づくと、彼の傍に着地した。

涼風の大事なひとは仰向けに寝た格好で、声をかけたのに目を覚まさない。

それが寂しくて、哀しくなって、涼風は彼の傍に座りこんで、その肩を何度か揺すった。

「藍染さん、起きて。僕です、涼風です」

言うと、口から銀の星はこぼれるけれど、彼は目蓋をぴくりとも動かさない。涼風は泣きそうになりながら彼の胸に手を当てた。

「迎えに来ました。起きてください」

それでも彼は眠ったままだ。涼風は自分の胸が絞られるような痛みを感じてうなだれた。

「僕は……なにも知らなかったんですね」

赤ん坊のときからずっと、彼には助けられていた。

自分が施設に入ったあと、毎年誕生日には送り主の名前がないプレゼントが届けられたが、あれはこのひとだったのだろうか。

「ガイドのことも。どうしてあなたが必要ないと言ったのか」

彼は自分の両親の軋轢《あつれき》が根底にあったのだ。望まないのにガイドにされる苦しみが彼にはわかっていたからだ。

だから、涼風を守ってくれた。自由に生きさせてやろうと思ってくれたのだ。

「ありがとうございます……いままで、本当に」

自分を見てくれていて。この心を守ってくれて。その目で、その手で、このちっぽけな自分に寄り添ってくれていた。

「僕が、あなたを連れて戻ります。起こして、かならず元の場所まで案内します」

具体的なやりかたはこれまで教えてもらっていない。けれども本能が涼風に教えてくれる。

愛しいひとを取り戻すにはなにをすればいいのかを。

涼風は彼の胸に手を当てた姿勢のままに上体を倒していった。

顔を近づけ、目を伏せて、そうして彼の唇に口づける。

「……好きです」

唇を重ねると、このひとへの恋しさとせつなさがさらに増す。

センチネルとガイドの関係ではないとしても、このあと彼に触れられることがなくても。彼がこの島を出ていって、もう二度と逢えなくなってしまっても、ずっとずっと好きでいる。

「あなたが、好きです」

そうしてふたたび彼にキスする。想いをこめて。何度でも。

そのたびに彼の口に銀の星が注がれて……幾度目かに彼と唇を重ねようとしたその瞬間。

「……っ？」

いきなり腰になにかが巻きついてきた。それが彼の左腕だとわかったときには、貪るようなキスに巻きこまれている。

「……ん、ふ……っ」

体勢を変えた彼に敷きこまれ、あらがうこともできないままに激しいキスに溺《おぼ》れてしまう。

「……ふ、う……ん、ん……っ」

口からこぼれていた銀の星を吸い尽くされ、口腔内にあったものもすべて舐め取られたあとで、ようやく藍染は唇を離してくれた。けれどもきつい抱擁は解かないまま、こちらの眸を覗きこむ。

「迎えに来てくれたんだな」

「はい」

「ここは俺の心の底か」

「はい、たぶん」

「その顔だと、いろいろばれてしまったか」

少しばかりばつが悪そうに彼が言う。

「すみません……」

誰だって自分の内部に踏みこまれるのは気分のいいものではないだろう。

不愉快に感じているかと不安になって、けれども彼は抱いた腕を離さない。

「それで。きみはなにをどれくらい知ったんだ？」

「その」

言ってもいいか迷っていたら、彼が涼風の前髪をひと房摘まんだ。その感触を確かめているように指の腹で擦りながら、

「赤ん坊のときのは知ったか？」

「あ、はい。その……あのときは、ありがとうございました」

「礼は言わなくていい。助けたのは教育係で俺じゃない」

「でも、施設にプレゼントを贈ってくれたのは」

もしかしてとたずねたら、それも「感謝はいらない」と退けられる。

「贈れと一回指示したことがそのまま活きていただけだ」

そんなふうに言いながら、彼は涼風の髪をしきりに弄《もてあそ》ぶ。それからこちらの目を覗《のぞ》きこみ

「ほかには？」と聞いてきた。

「あの。ご家族のこと、とか」

ためらいながらそう告げる。彼は両眉を引きあげた。

「ガイドはいらないと突っぱねた内情が、そこらあたりでわかったか？」

はいとも言えず目線を伏せると、彼はこちらを抱きこんで、頭の上に自分の顎を乗せてきた。

「すまなかったな」

「え……？」

「きみをいらないと言うつもりはなかったが」

「あ、あやまらないでください」

彼の鎖骨に額をつけた格好で、涼風はあせって言った。

「僕なんかにそんな。理由も事情もあったのに」

「なんかじゃないが、意固地《いこじ》になっていたのは認める。それできみを不安にさせた」

藍染はちいさな子供をなだめるように、背中をぽんぽんと叩いてくる。その仕草で本当になだめられた気分になる自分はお手軽な人間だ。

「ほかになにか知りたいことは？」

「その……センチネルとは関係がないんですが」

彼はどうしてさっきからずっと自分を抱き締めているのだろう。それに、質問されたから精いっぱいに答えているが、じつは彼にキスを返されたそのときからずっとドキドキしっぱなしでいるのだけれど。

「きみの抱き心地がいいからね」

「……っ！」

自分の考えていることが伝わってしまっているのか。驚いて彼の胸を押し返したら、抱いた腕を少しだけ緩めてくれる。

「忘れたのか？　俺たちはつがいなんだ。こうやって密着していれば、きみの想いが俺には読める」

「そ、それは……っ」

至近距離から目を合わされて、涼風の心臓がますます速く脈打った。

「でも、僕は……あなたの心が読めません」

「いまのきみはまだ顕在化していない部分がある。おそらくはそのためかもしれないな」

そう言われると、急に不安になってくる。

思えば、彼は媛島から戻ったときに、自分には二度と触れないと言ったのだ。つがいとして未熟だから自分はいらないものなので、それは変わっていないことではないだろうか。

今度のドキドキは胸が痛くなるほうで、たまらない気持ちになって視線を揺らした。

「島を出ていって、きみとは名目上のつがいでいよう。そう思ったのは本心だ」

それをはっきりさせられると、わかっていたことなのに心臓が絞られる感覚がした。しかし彼は「違う」と言う。

「そうじゃない。あれも俺の思いこみだったんだ」

「……とは？」

涼風がこわごわ聞くと、彼はこちらをふたたび抱き寄せて言ってくる。

「きみが怖がっていることはわかっていたから、不用意に踏みこまないでいようとした。島でひっそりと生きるのを望むなら、俺は遠くからきみを見守っているだけでいいと思った」

だが、と彼はささやいた。

「本音は違う。俺はきみが欲しかった。自分のものにしたかった」

「……え」

今度は心臓がジャンプした。こんなふうに感情があがったりさがったりでは、生きた心地がしなくなる。目をくらませて黙っていると、彼がまた耳元でささやいた。

「きみはまだ俺が怖いか？」

こくっと唾を飲んでから、涼風は声を洩らした。

「い、いいえ」

「俺にこんなことをされても？」

藍染が涼風のこめかみにキスを落とした。そして、頬にも。唇のぎりぎり端にも。

「いつからきみがこんなにも欲しくなったのかわからない」

目の焦点が合わないいくらい近いところで彼が言う。

「きみはずっと俺の頭の片隅にいた。最初は少し気になるだけと思いながら。ガイドのきみはいらないと考えながら。つがいと知っても見守るだけにしようとして」

だが、とつぶやく声は熱を含んで掠れている。

「俺はいつでもきみの傍に引き寄せられる。きみを知るたび欲が生まれる。もっと知りたい、もっと欲しい、もっと深いところまでと」

震える涼風を強く抱き締め、真摯《しんし》な響きが耳元に注ぎこまれる。

「こんな気持ちをなんと言うんだ？」

「あ……藍染さん」

「きみが可愛くてたまらない。ほかの誰にもやりたくない。俺だけのものにしたい」

端整な男の顔がゆっくりと近づいてくる。涼風の心臓はもう壊れてしまいそうだ。

「教えてくれ。この想いはなんと言うんだ？」

この想い――逢えないと寂しくて、いらないと言われれば哀しくて、なによりも大切なひとだと想うこの気持ち。

涼風はもう目を開けていられずに、目蓋を伏せてささやいた。

「好き、です」

「愛している」

そうして唇が重なってくる。口づけは最初から激しくて、貪るようなものになった。唇を吸われ、噛まれ、入りこんだ男の舌は涼風の口腔内を遠慮なく掻き回す。唾液を啜られ、舌を食まされ、抱き締められた身体は骨が軋むようだ。

獰猛なほど深いキスに涼風はついていけずに喘ぎを洩らすだけだけれど、彼はこちらが涙ぐんでも許してはくれなかった。

「……ん、く……っふ、う……っ」

ようやく唇が少し離れていったとき、彼が欲望にぎらつく目でささやいた。

「頼む。いますぐに俺を連れ戻してくれ。生身の身体できみを抱きたい」

自分を呑みこむ炎のような熱を感じて、呼吸が一瞬止まってしまう。そうしてただうなずけば、彼がこちらの手を取って、指と指とを絡《から》めてくる。

「さあ」

彼と帰る。元の世界に案内していく。このひとと生きられるその場所に。

涼風は愛しいひとと固く手を握り合わせ、それを心に強く思うと、ひと息に宙を翔《か》けた。

◇　◇

この朝、涼風は仕事場に行くための支度をすると、一階の廊下から茶の間にいる美鈴さんに声をかけた。

「行ってきます。それと、今日は、その」

口ごもると、彼女はふわりと微笑《ほほえ》んだ。

「もしや、あんひとが帰ってきんさる日じゃろうか」

「あ、はい。それで今晩は……蓬萊亭で食事して、泊まってきます」

たぶんいま自分の顔は赤くなっているだろう。

美鈴さんは膝元に来たワサビを撫でて、おっとりした口調で言った。

「ほうか。ほんなら気いつけてなあ」

「す、すみません。明日は普通に戻りますから」

きまりが悪くて、なのに玄関を出ていく足が弾んでいるとわかるから、よけいに恥ずかしくてしかたない。

今夜の最終便で、あのひとはこの島に戻ってくる。

《いちおうひととおりは片づいた。明日の晩にはそちらに行くから、蓬萊亭で待っていてくれ》

彼からそんな連絡が入ってきたのは昨日の夕方。仕事場にあるいつもの席でメッセージを受け取った。忙しい彼の邪魔になってはと、わかりましたと手短に返信して、そこから涼風はそわそわしっぱなしでいるのだった。

「おはようございます」

シェアオフィスに到着し、カフェカウンターの向こうにいる高浜店長にそう言うと、彼はおだやかな風貌《ふうぼう》に笑みを乗せ、朗《ほが》らかな調子で話しかけてくる。

「ああおはよう。あのね、今日はランチセットにプリンをつけるつもりだからね」

プリンは涼風の好きなもののひとつだった。知らず顔がほころぶと、彼はうんうんとうなずいてから、

「あとね、午後のティータイムには焼き菓子を出そうとも思ってるんだ。マドレーヌや、フィナンシェや、リーフパイとか。たくさん焼くから、帰りに持って帰るといいよ」

「それは、あの。いいんですか？」

「うん、もちろん」

もう一度礼を言ってその場を離れる。自分のブース席に行き、普段どおりにプログラミングの作業をはじめ、しばらくしてから（あ）と思った。

もしかして、店長はあのひとが戻ってくるとすでに知っていたのだろうか。それで茶菓子を持って帰れと勧めてくれた？

おそらくそうで、いまになってようやくわかった自分のうかつさが恥ずかしい。

しかもそのことが呼び水になったのか、手だけは動かしているものの知らず意識はそちら

に向かう。

いまごろ彼はなにをしているのだろう。きっと都心のオフィスで仕事中だと思うけれど、もしも業務が長引けば最終の連絡船には間に合わなくなるかもしれない。逢えると期待していても、今夜は空振りになることだって充分に考えられる。

涼風は膨らんでいる期待値を自分の想像で下げようとして、狙った以上にしょんぼりとしてしまった。

そうなのだ。今晩彼とは逢えずじまいになることだって……。

考えかけて、いやいやと首を振る。

違う。あのひとは来てくれる。明日の晩にはそちらに行くからと自分に言ってくれたのだから。

でも……ここまでは五時間以上もかかってしまうし、この島への最終便の到着は、たしか午後八時半。これはもう五分五分くらいの気持ちでいたほうがいいのだろうか。

そんなふうに想いは行きつ戻りしつつ、彼の上から離れない。

六時になってシェアオフィスを出ていくと、蓬莱亭から来たという迎えの車が待っていて、それに涼風が乗ったときには彼のことで頭がいっぱいになっていた。

あのひとはいま、移動の最中なのだろうか。うまくいけば今晩は逢えるのだけど、なんだかずいぶんと久しぶりのように感じる。六日間はさほどの日にちではないのだろうが、待っていれば長かった。

そう……あれからもう一週間が過ぎているのだ。

流れる車窓の景色を眺め、涼風はあの折の出来事を思い出す。

――藍染さん？　ここ、は……。

――ああ。無事に戻ってこられたようだな。

海津神社の本殿であの晩ふたりが目を覚ましたとき、あたりはまだ暗かった。一瞬どこにいるのかがわからなくて惑っていれば、彼が涼風を抱いたまま上体を起きあがらせる。

――気分はどうだ。どこもなんともなっていないか？

――はい、僕は。藍染さんこそ……。

――俺も平気だ。きみのガイドで助かった。

ありがとうと言いながらこちらの身体を抱き締めて、唇を近づけてきたけれど、彼は寸前に動きをとめて眉間《みけん》をせばめる。

――さすがにこれを知らない顔で、きみを連れ去るのは無理のようだな。

――これって……あ。これ。

こうして密着していると、彼の思考の一部分が伝わってくる。その意味を理解して、涼風は腰を浮かせた。

――室尾さんが……。

——ああそのとおり。きみにもわかってますます駄目だ。

ぼやく藍染と本殿を出て、室尾が倒れているところまでふたりで戻る。

——気絶しているだけのようだが、このままにもしておけないか。

室尾の脇に膝をついた藍染が言う。

——まずは社務所に、っと。あそこは夜間は無人だったな。しかたない。駐在所に連絡しよう。

そして、そこからは結構な騒ぎになって、やってきた警官から事の状況を聴かれるし、診療所から呼び出された医師は来るし、連絡が来て駆けつけた神職には壊された祠を見て驚かれるしで、藍染は涼風を『連れ去る』どころではなくなった。

結局、藍染から——ひとまずきみは下宿に戻れ。この対応は俺がしておく——と言われてしまい、涼風はまもなく迎えに来た高浜店長の車に乗って下宿先に送り届けられたのだった。

きっとここで待っていれば、いずれ彼も戻ってくる。

その晩はそんなふうに考えていたけれど、藍染は美鈴さんの家に帰ってくることはなく、翌朝下宿の固定電話にかかってきた連絡で彼が都心に戻ることを知らされた。

——すまないが、秘書から急ぎの要件を聞かされた。いまからあちらに行ってくる。

考えれば、大企業の代表がすでに数カ月間も本社を留守にしていたのだ。彼でなければこなせない案件もきっとたくさんあったのだろう。

そうして藍染は成り行きとしては当然、しかし涼風にとっては唐突に目の前からいなくなった。室尾のほうも診療所にたずねてみれば、一昼夜を経て意識が戻り、都会から来たスーツの男に連れられて姿を消したということだ。

いま涼風がこの島にいてできるのはいつもとおなじに生活する、それくらいのものだけれど、都内に戻った藍染はむしろそのことを望んでいるようだった。

《きみがそこで美鈴さんやワサビといると思うだけで、心の中が温かくなる。帰るべき場所があると確かに信じられるのが、これほど自分の力になるとは知らなかったよ》

そんなメッセージを寄越してくれたあのひとは、今晩ついに帰ってくる。

顔を見たらお帰りなさいとまず言って、それから疲れをねぎらおう。

その想いを胸に蓬莱亭に到着した涼風は、出迎えた和服姿の女性によって旅館の離れに通された。離れは本館の建物から完全に分かれていて、周囲は綺麗な庭園に囲まれている。

こんな高級和風旅館も、そのあと座卓いっぱいに出された食事も、涼風には馴染《なじ》みがなくて、ただ言われるままになるばかり。聞けば藍染は夕食を頼んでいなくて、涼風はひとりで贅沢な料理を食べると、ぽつんと部屋に残された。

「大浴場のご案内もございますよ。個室のほうがよろしければ、部屋続きに露天風呂がございます」

料理の皿を片づける係の女性がそう言ってくれたけれど、涼風は風呂に行こうとは思わなかった。先に入浴を済ませるのは気が引けたし、なにより藍染が来るまではこのままここで待ちたかった。

それで布団を敷く係が来て、二十畳はある広い部屋にふたつの寝具が用意されていくあいだも部屋の隅にじっと座ったままでいる。やがてその支度が終わり、しかし藍染は姿を見せず、だんだん涼風は居てもたってもいられなくなってきた。

なんだか自分がひどく場違いなところにいる気分がしている。

思えば、ここに彼が戻ってきたとして、自分になにを求めているのか。

もしかすると、媛島での続きをすることになるのだろうか。たしか、あのひとの心の中にいたときも——生身で抱きたい——と言っていた記憶はあるが。

だけど……と涼風はふたつ並んだ布団を眺めて、不安に顔を曇らせる。

媛島であんなことがあったあと、彼はどうということもないふうだった。つがい登録の再申請はするけれど、きみにはもう触れないとも言っていた。

本当はどちらなのか、自分には彼の気持ちはわからない。

やっぱりいるのか、必要ないのか。

堂々めぐりでそんなことを考えて、どれくらい経っただろうか。この部屋の見えるところに時計はないし、かといって腕時計でいまの時間を確認するのも怖い気がする。

緊張に身を硬くして、座敷の隅でひたすら時が過ぎるのを待つ。そうしてずいぶんと長く感じる時間のあとで、部屋の襖《ふすま》がひらかれた。とっさに涼風は動きもできず、大きな目を見ひらいているばかりだ。

「涼風くん、待たせて……」

言いかけた藍染が、いぶかしく眉根を寄せる。

「どうしたんだ。そんな端でちいさくなって」

今夜の彼はスーツ姿で、どこかまだここではない匂《にお》いを纏わりつかせていた。それにも気後れしてしまい、涼風はただもう固まっているだけだ。

藍染は大股に歩み寄ると、すぐ傍らで膝を折った。

「すまなかったな。ずいぶん待たせた」

涼風はいいえというふうに首を振る。

「食事は済んだか」

聞かれてもすぐには言葉が出せなくて、無言でこっくりうなずいた。

「どうした、黙って。あれからきみを放りっぱなしでいたことを怒っているのか？」

ハッと涼風は顎をあげた。すると喉につっかえていた声が出てくる。

「そんな。僕は怒ってなんか」

「うん、そうだな。怒ってはいないようだ」

顔を覗きこんでいた藍染が、つと指を伸ばしてきて涼風の前髪をひと房摘まむ。と、反射でビクッと肩が揺れ、自分の反応の強さがよけいに身をすくませる。

「まだ、怖いか？」

少し沈んだふうに問われて、涼風はあわてて言った。

「こ、怖くないです。ただ僕は……」

「ただ、なんだ？」

眸を左右に揺らしてから、正直に打ち明ける。

「あなたのことを、待っていて」

「うん」

「そうしたらだんだんと、ここにいてもいいのかなって」

「いてもいいだろう。俺が呼んだのだから、いて当然だ」

「でも、布団が敷かれて……それを見ていたら、不安になって」

「不安とは？」

「その。つがいの……えと、そう。つがい登録はどうなったかと」

本心とは違う台詞を言ってしまった。けれども、これからあなたに抱かれてがっかりされるのが怖いのだ、とは言いかねたのだ。藍染はまばたきしたあと、こちらを見つめて口をひらいた。

「つがい登録の最終審査はまだ申請していない。多くはないが、少しの猶予はあるからね」

「え？」と涼風は目を瞠る。

「それは、どういう？」

不思議に思ってたずねれば、藍染は精悍《せいかん》な面立《おもだ》ちをこちらに向けた。

「きみのその質問に答える前に、聞いてもらいたいことがある」

おもむろに告げてくると、彼はこちらに両腕を差し出した。そのあとやさしく甘い表情でうながしてくる。

「まだきみはおかえりと言ってくれていないだろう」

「あ……」

涼風はおずおずと彼のほうに向き直り、誘われるまま抱きついた。

「お、おかえりなさい」

「うん、ただいま。きみのところに帰ってきたよ」

言って、彼は両腕を背中に回して抱き締める。

その刹那。

「……っ⁉」

涼風の身体の力がいっきに抜ける。

「……は……あ……っ」

なにこれは……どうして急に……。

「おっと」

吐く息が熱かった。身体中からすべての骨が抜き取られたみたいになって、もう抱きついていられない。いつしかぱたりと腕が落ち、斜めに肩が傾いでいくのを、彼がそっと抱きとめる。

「こっちに移ろう」

言うと、彼は涼風を横抱きにし、その姿勢から立ちあがる。

もはやなにも頭にのぼらないままに諾々《だくだく》と運ばれて、布団の上に仰向けに下ろされる。と、直後に彼はこちらの顔の両脇に手をついて、上から覆いかぶさってきた。

「きみはいま、自分の身体がどうなったかと驚いているだろう？」

そのとおりで、涼風は霞《かす》む目でうなずいた。

「俺がそうさせた。正しくは、俺の欲望を感じ取って、きみの肉体が反応したんだ」

ほら、と彼が涼風の胸の上に手を置いた。

「う、あ……っ」

「俺がなにを思っているかわかるかい？　きみをこれからどうしたいのか」

わかる……感じる。

このひとはいま、自分のことを求めている。こんなふうにしたいのだと思っている。

キスをして、舐めて、噛んで。服を引き剝《は》いで裸にして、全部に触れてひらかせて。しゃぶって啜って、硬いものでつらぬいて揺さぶりたいと。

「ひ……あ……」

もうすでにそうされてしまったみたいに身体が震えて溶けていく。

「ほらね。審査の必要もないほどだろう？　俺たちはこんなにも繋がっている」

真上から凄《すさ》まじいほどの圧をかけ、彼は唇の端だけで笑ってみせた。

「だけどまだ、俺にも怖さが残っているんだ」

胸の上に置いていた手を持ちあげて、彼はそっとこちらの頬を撫でてくる。

「きみに拒絶されたくない。最初のとき、きみに嫌だと言われたのが応えている」

最初のとき……。思い出して、あれかとわかる。

共感能力は深い接触をおこなうことで跳ねあがると、下宿の二階でこのひとに迫られた。きっとあのときのことだろう。

「言葉足らずで無理を強いた。それできみにも怖がられ……いまはもうあのときの二の舞はしたくない」

頬に添わせた手をずらし、人差し指で涼風の唇に触れてくる。

「媛島から戻ってきたときの俺の態度もよくなかった。不充分な言いかたできみの気持ちを傷つけた。だから、説明させてくれ」

真摯な顔で彼が言う。

「きみがガイドで、俺のつがいだと知ったとき、俺はつがいの登録だけ済ませておいて、あとはきみを遠くから見守ろうと思っていた。きみの人生はきみのものだ。俺の母親がしたようなガイドの役割は必要ないと考えていた。きみが欲しいと思っていたのは本音だが、その気持ちは俺の勝手で、無理にでも抑えなければならないと」

だが、と藍染は愛おしそうに涼風の唇を指でなぞり、そのあとこめかみに手を当てた。

「きみは少しも怖がらずに俺の心に飛びこんだ。俺に呼びかけ、目覚めさせ、俺を外の世界まで連れ戻した。俺はあのときに初めてわかった」

「それは、どういう……」

まだ身体がおかしくて、熱っぽさはつづいていた。それだけ言うのが精いっぱいで、彼が教えてくれるのを待つ。藍染もまた熱のこもるまなざしで涼風にささやいてくる。

「俺にとって、きみがどんな存在か」

藍染は涼風のこめかみから髪に指をくぐらせて、みずからの心の内を明かしてみせる。

「きみは俺が知っているガイドとは違っていた。それとも、俺がガイドとはどんなものかを勘違いしていたのか。センチネルはガイドの力を奪い、その心を削り取るものなのだと思っていたのに。俺の心のなかにいたとき、きみはちいさな銀の星に囲まれて、綺麗に澄んだその光を分けてくれた」

「僕も……あんなに怖かったセンチネルは……そうじゃないとわかりました……」

涼風は端整な男の顔を見つめて言う。

「あなたはセンチネルで、自分とはかけ離れたひとなのだと思っていたのに……あなたの心のなかに入って、そのやさしさや、寂しさや、苦しみにも触れました……そのあと、僕の呼びかけで目覚めてくれて……あのとき、僕はガイドでよかったと思ったんです。この力があったから、あなたを起こして連れ帰れる。誇らしいほどのうれしさを初めて感じられたから」

「涼風くん」

深い想いを伝えてくる響きを洩らし、藍染は涼風を自分の胸に抱き取った。

「きみを俺の恋人にしていいか」

「恋人……？」

言われたことの意味が摑めず、反復してからそうとわかった。

「僕が、あなたの？」

「ああ。きみはもう俺のいちばん大切なひとなんだ。つがいやガイドの絆《きずな》がなくても、きみ自身がなによりも大切だ。だから頼む」

藍染は苦しいくらいに涼風を抱き締めて言う。

「俺の恋人になってくれ」

「藍染さん……」

ああ……伝わってくる。その言葉だけではなく、彼自身の心もまた。

涼風はきつい抱擁を受けながら、その輝きを感じている。

彼の光は朱《あか》みの混じる金色で、まぶしいほどに強く大きい。だけどそれは決して涼風を傷つけない。この光につつまれると、身体が溶けていくような気がするけれど、自分を壊し、削るようなものじゃない。それは確かに感じられる。この光はまぶしくて激しいものではあるけれど、同時に自分をやさしくつつみ温めてくれるものだと。

「……はい」

目を閉じても彼の輝きが感じられる。涼風は自分からも彼に抱きついて声をこぼした。

「あなたが好きです」

言うと、さらに抱き締めてくる腕の力が強くなる。

「俺も好きだ」

そうして彼は姿勢を変えて、こちらの上に顔を伏せる。

「愛している」

キスをされる直前にそう聞こえ、そのあとは朱金の輝きに呑みこまれた。

◇　◇

「きみは細いのにやわらかいな」

涼風のカットソーをたくしあげ、藍染は熱を含んだ調子でつぶやく。

「どこもかしこもすべすべしている」

「そ、そんな……」

「ほんとだよ。ここもほら、綺麗な色だ」

「あっ、やぁ」

乳首に軽く触れられただけなのに、おかしいくらいに身体が跳ねる。

「気持ちがいいかい。可愛いな」

とろりとした甘い声は、しかしどこか底光りがするような烈《はげ》しい色を秘めていた。

少し怖くて震えたら、彼が頬を撫でてきて、唇に口づける。

「んっ……う、ふ、んぅっ……」

口のなかを掻き回すのはぬめぬめした感触で、口蓋《こうがい》のところをそれの先が這うと、脳に痺れが走り抜けた。

「藍染さん……もぅ……っ」

早々に音をあげて、もう駄目だと訴える。情けないとは思うけれど、あまりにあちこちが敏感になりすぎて、苦しいくらいになっている。

「まだはじまったばかりだよ」

「で、でも……っ」

「ここはどう？」

「ひ、んっ」

彼が乳首を指先で弾くから、またも恥ずかしい声が出た。

「なにをしても、どこをさわっても感じるんだな」

「だ、て……」

「なに？」

鎖骨に軽く歯を当てられて、またもびくりと肩が動いた。

「あな、あなた……だから」

このひとだから、感じるのだ。好《よ》くて、おかしくなってしまう。

「可愛いことを言う」

藍染は目を光らせて、涼風の乳首を摘まみそこをくりくりと指先で擦り合わせる。とっさに声を出しかけて、涼風は自分の手で口をふさいだ。

「どうして声を我慢するんだ？」

涼風は嫌々というふうに首を振った。

「好きなだけ出してもいいよ。ここは離れで、まわりに部屋はないからね」

彼は言って、涼風の胸の尖りに唇を当ててくる。

左も右もたっぷりと吸って舌で舐め転がして、上下の前歯で甘く噛んで引っ張ってくる。

そのたびに涼風は泣き声をあげながら身悶《みもだ》えた。

「真っ赤になったな……痛かった？」

「う……う……っ」

こくこくとうなずくけれど、本当は気持ちよさも交じっていて、それはきっと彼にも伝わってしまっている。

「だけど、こうすると」

「あ、ああっ」

「きみの腰が揺れるんだ」

「ち、違う……っ」

「本当に？　だったら直接見てみようか」

藍染は涼風のコットンパンツの金具をひらき、下着につつまれたそれを眺める。

「染みになってる。それにずいぶん窮屈そうだ」

涼風を真っ赤にさせることを言い、彼がそこに指を伸ばす。

「あっ、ん」

「まだちょっとさわっただけだよ。下着の上から撫でただけでも感じるのなら、直接触れたらどうなるのかな」

「やっ、やっ」

「嫌かい？」

強引に服も下着も脱がしてしまうのかと思ったのに、彼はそこを布地の上から撫でるだけだ。

「あっ、藍染さん……っ」

知らず先をうながす声がこぼれてしまう。けれども彼はいったん手を止め、

「丈瑠、だ。そう言わないと続きをしてあげないよ」

「い、嫌……っ」

「嫌ならやめる？」

そこがじんじんしているのに、彼は意地の悪いことを言う。

彼にもっとさわってほしくて、涼風は諾々と言いつけにしたがった。

「た、丈瑠、さん……っ」

「そう。もう一回呼んでごらん」

「たけ、丈瑠さんっ」

「うん。可愛いね……唱《しょう》」

「ひ、やっ」

名前を呼ばれて、心臓が大きく鳴った。それだけでも消え入りたいほどの気持ちなのに、下着のなかに手を入れられて握られた自分のそれはとっくにかたちを変えていて、恥ずかしいことこのうえない。

「初めから強くすると痛いかな。ゆっくりするから身体を楽にしておいで」

「は、はい」

彼が言うから、つとめて身体の力を抜いた。

すると、藍染は目を細め「いい子だ」と、言葉とまなざしで褒めてくる。

「大丈夫だ。手加減する」

そうして彼が涼風の軸をゆっくり扱《しご》いてくる。大きな手のひらに握られて摩擦《まさつ》されれば、さほどもかからず射精感がこみあげてきた。

「藍染さん……っ、出、出そう……っ」

「丈瑠」

咎めるように先端部分を少し強めに握られる。

「う、っ」

「言ってごらん」

「丈、瑠さんっ」

「うん。気持ちいい?」

「い、いいです……っ。あ、ふぅっ」

我慢できなくて、もじもじと腰が揺れる。股に力を入れて揺らすと、彼が笑みを頬に浮かべた。

「俺にされて気持ちいいか」

「あっ、はい。ん、んん……っ」

涼風は無意識に彼のシャツの袖を摑んだ。すがるものを求める仕草に、彼が頰を撫でてくる。

「どうしてこんなに可愛いのかな」

独りごとのように言い、頰の手を少しずらして、彼は自分の親指で涼風の下唇に触れてきた。そのあいだも涼風の軸を擦る手は休めずに、快感の滴《しずく》をさらに増やしている。

「丈瑠さん……あ、あの……っ」

「達《い》きそうか？」

彼が巧みに扱くから、もうこれ以上我慢できない。軸を握る彼の手が動くたびに、ぬちゃぬちゃと水音が立っているのが恥ずかしいけれどよけいに感じた。

「いいよ。達っても」

「あ……あ、んん……っ」

直後にびくんと腰が震え、堰止めていた快感が溢れ出る。あっけないほど簡単に埒《らち》を明け、涼風は身をのけぞらせつつ精液をほとばしらせた。

「気持ちがよかった？」

ややあってから彼が聞くのに、ぼうっとしたままうなずいた。指先もつま先も、どこもかしこも痺れたままだ。

藍染はとても機嫌がよさそうな表情で、身を屈めるや唇に浅いキスをしかけてくる。

「それならもう少しつづけようか。もっと、きみがとろとろになるくらいに」

不安しかない彼の言葉に、しかし涼風はあらがうことができなかった。

快楽の余韻を残した自分の身体は男のなすままに服を脱がされ、全裸にされた。しかも、予想もしていなかったあんな箇所を舐められて、そのうえ指も入れられた。

「やっ……あ、そこ……っ……ん、ふぅ……っ」

自分にはわからないが、どこかの折に彼はどろりと粘つくものをあの箇所の内側に注ぎこんでいたらしい。自分の身体の奥はいまやぬるぬるになっていて、うつ伏せの姿勢のまま男の指の侵入も簡単に許してしまう。

しっかりと咥《くわ》えこまされた男の指は、窄《すぼ》まりの内部のやわらかいところを擦り、なかでも触れると腰が跳ねるその箇所を巧みに探し出されてからは、強烈な快感を嫌というほどあたえられた。

「ま……また……っ」

ふたたび勃《た》ちあがっている自分のそれが真っ赤になって震えている。無自覚に腰が上下に揺れるたびに、涼風の男のしるしは敷布の上に滴をこぼした。

「ん。これくらいならもういいか」

彼が言って、ゆっくりと指を引き抜く。その仕草にも感じてしまい、軸の先の角度が増した。

「も、洩れちゃ……」

「涼風くん」

彼がやさしくも烈しいものをひそめた調子でささやいた。

「きみのなかに入りたい」

「……それ……はっ……」

「俺もきみの内側に入りたい。俺はきみと繋がりたいんだ」

涼風が彼の心の底に行き、気持ちと気持ちを繋ぎ合わせたときのように。

それがわかって、涼風は自分の逡巡《しゅんじゅん》を押しきった。

「は、はい」

「いいね？」

けれどもやっぱり少し怖くて、うなずきだけで彼に応じる。

藍染は自分の大きな手のひらで、なだめるように涼風の後頭部を撫で、それから大きく呼吸をしろと言ってくる。

その言葉にしたがって、吸っては吐いてを何度かくりかえしていたときに。

「あ。ひ……あっ」

ものすごく大きなものが入り口を押し開けて入ってきた。

自分の内側をこじあけて、熱の塊が侵入してくる。骨の繋ぎ目が軋むようで、なのに自分の細胞のひとつひとつが悦《よろこ》んで震えている。

「あ……あ……あ」

「大丈夫。すぐには動かない。馴染むまでこのままでいる」

彼は言って、涼風の肩口や、首の後ろに口づける。

「お……おっき、い」

「苦しいか」

聞かれればそうなのだけれど、彼が自分の内部にいる。その充足感は言葉にはならないほど涼風の心を満たした。

「丈、瑠、さん」

「うん?」

「好き、です」

言うと、自分のなかにいる彼がさらに大きくなった。

「ひ、あ」

「すまないね。だけど、いまのはきみが悪いよ」

いじらしくて、可愛くて、頭から全部丸呑みしてしまいたい。そんな怖いことを言いつつ、彼はやさしく涼風の背中を撫でる。

「丈瑠さ、ん」

「ん?」

「それ、気持ちいい」

「じゃあもっと?」

うなずくと、彼は肩甲骨と、背骨と、腰とを撫でてくれた。

「……も……動いて、いい、です……」

彼に忍耐を強いているのは、なんとなくわかっていた。

このひとはもっと好きに動きたがっているのじゃないか。それに自分も……彼からもっと求められたい。

「じゃあ、いいか?」

「は、い」

「最初はゆっくりするからね」

ん、ん、とうつむいたまま首を振る。すると、彼は言ったとおりゆるやかに動きはじめた。

「ふ……あ……っ、あ……んっ」

圧迫感はすごいけれど、彼と繋がっていることがなによりうれしい。だから素直に喘ぎを洩らして、快感を訴えた。

「あ、はぁっ、あ、あっ……き、きもちい……っ」

「ここは?」

「や、や、そこっ……だめっ」

彼が少し浅いところに戻して擦る。

感じるところを硬くて大きなもので抉《えぐ》られ、涼風の目の前に星が飛ぶ。

もうなにがどうなっているのかがわからない。浅いところを擦られれば好《よ》すぎて涙がこぼれるし、深いところに突きこまれれば腹の奥が彼を感じて悦んでいる。

「あ、あっ……う、んん……っ」

柔襞《やわひだ》が男の熱で溶けて震える。自分の内側に取りこんだ男の欲は烈しく強く、涼風をその熱と光とで蕩かしていく。

「あ、丈瑠、さ……っ……あ、ああっ……」

「唱、っ」

彼が腕を伸ばしてきて、敷布を摑んだ指の上にそれを重ねる。互いの指を絡ませて、男はおのれの恋人を揺さぶり、突きあげ、掻き回し、快楽の高みへとみちびいていく。

愛しくて、気持ちがよくて、悦びに満たされている。

涼風は快感に喘ぎながら悦楽の最後の階《きざはし》をのぼっていった。

「あ……丈瑠さ……っ、あ……すき……っ」

涼風が放出の快美感におののいたその直後。

「好きだ、唱」

彼もまたぶるっと身体を震わせる。と、涼風の内側に熱いほとばしりが広がっていき、その感覚がさらに深い愉悦を注ぎこんでくる。

まるで身体の内奥にも朱金の光を浴びたようだ。自分のすべてが彼の輝きにつつまれている。

涼風は愛するひとと手を繋ぎ、彼のそれと混ざり合う自分のささやかな銀の光をふたりで一緒に見守った。

◇　◇

広いタワーマンションの一室で、涼風は彼の帰りを待っている。

ここは都心でも一等地に建てられていて、天井まであるガラス窓の傍まで行けば、眼下に広い公園が眺められるはずだった。

そんな豪華なこの部屋は涼風の恋人のものであり、ここにはおおむね週末ごとに彼のへりで通っている。

涼風が恋人と結ばれてから半年が経ち、つがい登録はすでに無事済んでいた。政府公認のつがいになったふたりは、いまのところ大きなトラブルはなにもない。

涼風を欲しがっていた政治家は、しぶしぶながらも次回の斡旋を待つことになったと聞いたし、室尾はもともとセンチネルの資質については足りないものがあったらしく、祠の前で気絶したのち目覚めてからは、それに関する能力はまったくなってしまったそうだ。

室尾の一件で、藍染がフォーシーイングの開発者であることを知ったときには驚いたが、その彼は藍染コーポレーションの代表として、日々多忙を極めている。

「ただいま」

この夜もそう言って帰ってきたのは午前零時。午後十時には帰ってこられると聞いていたが、やはり無理のようだった。

「おかえりなさい」

玄関まで駆けていって迎えると、彼は驚いた顔をした。

「先に寝ていてもよかったのに」

「はい、すみません。でも、どうしても顔が見たくて」

本心を彼に告げると、引き締まった男の頬に笑みが浮かぶ。

「じつは、俺も見たかった」

そうしてキス。背の高い彼に合わせて、つま先立って口づける。抱き締められたスーツからは涼風の知らない世界のにおいがしていた。

「きみが腕の中にいると、やっぱり気持ちが落ち着くな」

そんなことを言いながら、ぎゅうぎゅうと涼風を抱きこむ彼は少し疲れているようだ。

自分にはわからない世界だけれど、このひとが自分の傍にいることで少しは慰めになるといい。

そう思いつつ、自分からも抱きついて背伸びをすると、男の頬にキスをする。と、彼が目を見ひらいて、

「こら、唱。いまきみはガイドの力を使ったろう」

「え……使ってませんよ」

知らんぷりで目を逸《そ》らす。

「いいや、使った。それを感じた」

彼の追及から逃れるために、するりと腕を抜け出して、リビングのほうに逃げる。けれども、ソファのところで捕まり、ふたり一緒にふかふかの座面に転がる。

「この子は悪い子だ。ガイドの力はいらないと言ったのに」

そんなやり取りもいままで幾たびか交わされていて、たいていはそのお返しだと告げる彼から息も絶え絶えになるくらいの愛撫をされるのがつねだった。

今夜もそれで、藍染はソファの上で涼風を抱き締めてキスを重ねる。

「ん……う、ふ……うっ……」

たっぷりと深いキスを貪られ、息をあげた涼風は、情欲の光を浮かべた男の眸を見つめ返した。

「反省したか?」

「はい。でも」

逆らう気はないけれど、涼風はここ最近考えていたことを聞いてほしくて口にする。

「僕はガイドであることが前より嫌じゃないんです。センチネルのサポートなんて絶対無理だと思っていて、だけど僕にもあげるものがあることが本当にうれしいんです」

「唱……」

「僕はあなたのつがいで、ガイド。それが誇らしいんです」

心をこめてそう言った。

藍染は昂《たか》ぶる気持ちを抑えるように一瞬顎を引き締めて、それから涼風が愛おしくてたまらないような顔をした。

「だが俺はそれだけじゃ足りないな」

「え……っ」

そう言われると急に不安が湧いてくる。

なにか不満があるのだろうか。それは、自分にはできないことばかりだけれど。

困ってしまった涼風を抱き締め直し、彼はごく近くからこちらの眸を見つめて告げる。

「それだけじゃ足りないからもうひとつ追加してくれ」

「もうひとつ？」

彼はうなずき、真摯な声を響かせた。

「俺のパートナー。一生ものの契約だ」

涼風は息を呑んで自分の恋人を見返した。

さまざまな気持ちがいっきにこみあげてきて、言葉の先に涙が溢れた。藍染は固唾《かたず》をのんで待っている。涼風は少し震えてしまったけれど、嘘いつわりのない自分の想いを声にする。

「……はい。ありがとうございます」

とたん、藍染の頰が緩み、次いでキスが降ってくる。

いまはもう隠す気のない男の欲望に晒《さら》されて、涼風の心と身体は揉《も》みくちゃになりながら、閉ざした目蓋の裏側に朱く輝く幸せの光を見ていた。

Trust me

藍染《あいぜん》は庭でさえずる小鳥の声で目が覚めた。外にはすでに陽が昇り、やわらかく明るい光が障子越しに差しこんでいる。

身を起こし、肘《ひじ》をついて視線をやれば、隣に横たわる華奢《きゃしゃ》な青年が目に入る。

彼は横向きに寝転んでいて、いまは長い睫毛《まつげ》を伏せ、薄くひらいた唇から寝息がちいさく洩《も》れていた。

初めての情事のあと、彼は気絶するように寝入ってしまい、いちおう身体《からだ》の始末は済ませ浴衣《ゆかた》は着せておいたのだが。

ひらけば大きな眸《ひとみ》の下に、少しばかり翳《かげ》りがあるのは、昨晩の交わりのせいだろうか。

——丈瑠《たける》さ、ん……それ、気持ちいい。

おぼえのない感覚に内心は怯《おび》えながら、それでも心と身体とをひらいてくれた愛《いと》しいひと。

——……も……動いて、いい、です……。

繋《つな》がったまま彼の肌をゆっくり撫《な》でたら、抑えた激情を汲《く》み取って、惑いながらも自身をこちらにゆだねてきた。

しっとりと汗ばんでいるなめらかな皮膚《ひふ》。やわらかく脆《もろ》いところに男の欲望を受け容れて、みずからも快感に乱れて洩らしたあえかな喘《あえ》ぎ。

――あ、丈瑠、さ……っ……あ、あぁっ……。

藍染はこれほどおのれの情欲をそそるものをほかに知らない。

自分の反応に戸惑いながら、おののきながら、それでもゆるやかにほころんで、男を蕩《とろ》かせる艶《なま》めかしいあの花芯。男の剛直に押し拡《ひろ》げられ、複雑な動きを見せる柔襞《やわひだ》を擦《こす》られると、蜜を垂らして悦《よろこ》びに震えていた。

思い返せば、いますぐにでもこの身体が欲しくなるが、いとけない寝顔をこうして眺めていると、それだけでも充分に心が満ちる。

可愛い。愛しい。もうこれなしではいられない。こんな気持ちは自分でも知らなかった。

眺めていると気持ちがつのり、つい手を出して彼の前髪にそっと触れる。

身を伏せて、摘まんだ髪に口づけしたら、薄い目蓋《まぶた》がかすかに震えた。

「……ん」

睫毛がそよぎ、目蓋がゆっくり持ちあがる。まだ焦点のおぼつかない眸が見えて、それを覗《のぞ》きこむ姿勢でいたら、青年は二、三度まばたきしたあとで、大きく目を見ひらいた。

「……あ、うあ」

至近で目が合って驚いたのか、思わずと言ったふうにのけぞった。

しかしそれも布団の中での仕草にすぎず、すぐに頬《ほお》を両手で摑《つか》んでこちらに引き戻してやる。

「あ、藍染さん……」

また呼びかたが以前とおなじになっているのが面白くない。

「丈瑠だ」と訂正を要求し、彼の額《ひたい》に自分のそれをこつんと当てる。

「言わないと、いますぐキスする」

すると、彼は頬を染めつつ控えめな声音で応じた。

「丈瑠、さん？」

疑問符つきの返事が可愛く、思わず唇に触れるだけのキスをした。

「んっ……」

触れると彼の唇はやわらかいし、洩れた鼻声は色っぽいしで、ついつい口づけは本格的なものになる。

青年の下唇をかるく嚙《か》み、無意識にひらいた歯列の隙間から舌を差しこみ内部を探る。濡《ぬ》れた粘膜はとろりとして気持ちよく、ゆうべの情事も思い出されて予想外にしつこくしてしまったようだ。

「ふ……んっ……ん、く……っ」

まだ足りない気もしたが、彼が手のひらでこちらの二の腕を叩くので、しかたなく口づけを解く。顔を少し離したところで眺めると、彼は涙目になりながらささやかに抗議してきた。

「キ、キスはしないって」

「ああすまない」

男に吸われた唇が赤くなって艶めかしい。そちらに気を取られつつ上の空で返事した。

「ところでもう一回キスをしてもいいだろうか」

今度はきちんとお伺いを立ててみたが、彼はふるふると首を振った。それから懇願のまなざしを向けてきて、

「あ、藍染さん……っ」

「うん？」

「僕っ……ゆうべ、あのまま寝て……風呂にも入らないままで……」

「うん、それで？」

「あの……いまの僕は綺麗《きれい》じゃないので……その、嫌ではなくて、でも、困るというか……」

きみはすごく綺麗だし、いますぐにキスもしたいしそれ以上のこともしたい。

そう思いはしたけれど、それをそのまま伝えたら彼はさらに困るだろう。恋人を困惑させたいわけではないので、ひとまずは譲歩する。

「じゃあ、風呂に入っておいで。この離れは露天風呂がついているから、本館まで行かなくていい」

浴衣の襟《えり》から覗いているのは、ゆうべの情交が残したしるしで、彼がそれを大浴場で見られたらきっと決まりが悪いだろう。というよりも、おのれ自身が彼の裸をほかの男に見られたくない。そう思う自分は相当彼にまいってしまっている。

言葉でそちらに誘導したら、素直な彼はうなずいて、少しふらつく身を起こし、律儀《りちぎ》にひとつお辞儀した。

「あの。先にお風呂をいただきます」

「うん。そこの障子の向こうにある縁側伝いに行けばいい。着替えやなんかは脱衣所に全部用意してあるから」

「あ、ありがとうございます」

恋人同士になったあとでも変わらず控えめな彼の所作は好ましいが、反面もっと甘えてほしいと思うのは贅沢《ぜいたく》か。もっとも、そういう彼のことが可愛くてしかたないのも事実だが。

そんなことを思っていたら、部屋の隅で端末がかすかに震えた。バイブ音は出さない設定にしていても、センチネルの聴力を持ってすれば微細な振動も簡単に聞き取れる。藍染はやれやれと布団から出ていって、服のポケットに入れていた端末を取り出した。予想どおりに通話先は自分の秘書。知ってはいてもため息をつきながら、相手がしゃべりだすのを待つ。

そうして流れ出す説明と要請と懇願とをひととおり聞いたのち、

「ああ、わかっている。ただし今日中には戻れない」

この島から都心に戻っての一週間、分刻みでのワーキングをこなしてきたのだ。重要かつ急務の案件をひとまず片づけ、ビジネスジェットで最寄りの空港、そして船でここに来た。ようやく恋人同士になれたあの青年と過ごす時間はぎりぎりまで確保したい。

『ですが』

「今夜のレセプションは欠席でいい。ただし丁寧なメッセージと会場に飾れる花を。明日午前の竣工式《しゅんこう》は専務を代理に立ててくれ。三稜《さんりょう》ホールディングスとのランチミーティングは後日に延期。どうせ今回の内容は、あの会社が起こした不祥事の弁解を聞かされるだけのことだ。延期しても問題ない。午後の視察は部長を代理に。その報告はきみが受け取り、俺のところに送ってくれ。夜の懇親会は」

『欠席の連絡をいたします』

言いたいことを先取りして秘書が言う。

『それで、あさってからの北米への出張ですが、こちらはいかがいたしましょうか』

「そちらは俺が行く。二年越しで計画してきたビッグディールだ。代理の者では務まらない」

『はい。承知しました』

ほっとした心情を滲《にじ》ませて秘書が応じる。

『でしたら、明日の昼ごろにはそこをお発《た》ちくださいますか』

「いや。夜にヘリを寄越してくれ。あれなら二時間でそちらに戻れる」

社長と言いかけて、秘書は言葉を呑《の》みこんだ。それからややあって、

『わかりました。それでは緒可島《おかじま》町役場と交渉し、ヘリの離発着を認めてもらうようにします。その場所や、交渉条件はこちらにおまかせ願えますか』

「ああ頼む。地域住民の生活に支障がない場所を選定してくれ。それと、申し出の際には、この島のインフラを整備するための支援も一緒に。ヘリの離発着場も、今後は本州の総合病院と島の診療所が連携し、ドクターヘリを随時呼べるようにする、その場所に使いたいと」

『承知しました。すべてそのようにいたします』

「ありがとう」

この有能な秘書のお陰で明日の夕方まで時間ができた。藍染は通話を終えると、座敷を出て風呂場に向かう。脱衣所で浴衣を脱いで庭に面した岩風呂に入っていくと、湯船の中で青年が腰を浮かせた。

「あ、藍染さん」

「俺もそこに入っていいか」

「それは、もちろん……なんですけど」

ココア色の髪をした彼が目を伏せ、湯船の中でちいさくなった。恥ずかしがっているのがわかり、その仕草に微笑《ほほえ》みを誘われながらざっと身体を洗いあげると、天然石をまたいで浴槽の中に浸かる。

「露天の朝風呂は気持ちがいいな」

うなずく彼は湯の中で膝をかかえて座っている。なめらかな液体を透かして見えるその肌は薄く染まった紅色で、これもまた男の情感をいやおうなく煽《あお》る眺めだ。

「今日はこのあと買い物をして、美鈴《みすず》さんの家に行こう。そうすれば、夕食は三人そろってあの茶の間で食事ができる」

「あ、はい」

自身の気持ちは抑えておいて日常的な話題を出すと、彼もまた普段の調子が少しは戻る。

「美鈴さんがよろこぶと思います」

「美鈴さんだけ？」

控えめに笑う顔が可愛くて、そんなふうに聞いてみた。

「えと。そのう、ワサビもです」

「ワサビで終わりか？」

すると、彼はためらう様子を見せたあと、

「僕もすごくうれしいです。でも、あの」

「でも？」

「……またあの家で一緒に暮らせるわけじゃなくて。それはちゃんと知っていて、あなたが帰ったら、僕は……」

言いさして、彼は無理に微笑んだ。

「すみません。我儘《わがまま》を言ってしまって。ちょっと僕は変なんです」

「どんなふうに？」

「せっかくあなたがこうして傍《そば》にいてくれるのに、寂しいなんて思うのは変なんです。我儘だと自分でもわかっているのに、僕はおかしくなってしまって」

繊細な長い睫毛を伏せがちに、彼は悶々《もんもん》としているようだ。藍染は愛しい気持ちを動作で示した。

「あ、藍染さん……っ？」

「俺が帰るのは、あっちの仕事場でもマンションでもない」

細い身体を抱き寄せて、その耳にささやいた。

「俺の帰る場所はここだ。俺の心の居場所はきみだ」

「僕、も……」

彼が唇を震わせてそう返す。

「あなたといつも一緒にいます。離れていても。心だけはどんなときでも」

健気《けなげ》な台詞《せりふ》に胸を射抜かれ、我慢の糸がふっつり切れる。藍染は湯船の中で、濡れた身体を膝に乗せ、しっかりと抱き締めた。

「こうして肌を合わせると、温かいきみの気持ちが流れこむ」

なめらかな彼の頰に自分のそれを添わせて言った。

「俺の気持ちもきみに届いて……いるようだな」

こうして腕の中に囲うと、密着したところから彼の状態が伝わってくる。

「勃《た》っている」

言葉にして告げてやると、小づくりな彼の顔に朱が差した。

「あ……あの、藍染さん……僕……」

「丈瑠だ」

教えこみつつ彼のそこを軽く握る。

「ちゃんと言えたら、いいことをしてあげよう」

自分の弱みを握られているからか、彼は考えがおよばないまま口をひらいた。

「た、丈瑠さん」

「うん。よくできた」

褒めて、青年の軸を湯の中で扱《しご》いてやる。彼のそれは彼自身とおなじようにほっそりして、初々《ういうい》しい色をしている。まだ少しやわらかいそれを丹念に擦ってやると、さらに硬さが増してきて、先のほうは湯ではない粘つきを生じはじめる。

「うぁ……あ……っ……や……だ、め……っ」

「なにが駄目だ？」

耳たぶを甘噛みしながらささやくと、彼は背筋を震わせた。それから涙目になっている可愛い顔をこちらに向けて、

「も……出そう、だから……っ」

彼は湯の中に出すことにためらいがあるようだ。なるほどと藍染はうなずいた。

「じゃあこうしよう」

「え……わ、ぁ」

彼の細い腰を摑んで、浴槽から引きあげる。浮いた尻《しり》を下ろさせたのは湯の縁にある平らな岩で、そこに両脚をひらいた姿勢で座らせた。

「これなら大丈夫」

言いざま、彼の中心に身を伏せる。そして濃い桃色に染まっていたその箇所をぱくりと咥《くわ》えた。

「あ、や……っ、たけ、丈瑠さ……っ」

あせってこちらの頭を押さえてくるけれど、その力は弱かった。かまわず彼の両脚をさらに自分の肩でひらかせ、口の中で軸を扱くと、下腹部に来る艶めかしい喘ぎが頭上から降ってくる。

「あ……はぁ、ん……んんっ……」

それをもっと聞きたくて、彼のしるしを口腔《こうこう》で愛撫《あいぶ》しながら、根元の膨らみもやんわりと揉《も》んでやる。

「や、あ、そこ……あ、う……っ」

もう絶頂が近いのか、口の中に先触れの味がしてくる。しかしそれも彼のと思えばまったく平気で、むしろもっと膨らみのその奥へ指を這《は》わせた。

「あ。そ、そこ……あ、それ……はっ……あ、うう……っ」

指を忍ばせたその箇所は昨日の行為の名残《なごり》をとどめ、こちらの侵入を難なく許した。湯の中にいたためか、指で探った彼の内部は温かく、硬いものが押し入る動きもしっとりと受けとめてくれるようだ。

「たけ、丈瑠さん……っ……そこ、そんなにしちゃ……や、あ……」

軸をたっぷりしゃぶられながら、ぬるんだ柔襞を増やした指で掻《か》き回されれば、濡れた声に絶えいるばかりの喘ぎが交じる。それにも欲をつのらされ、彼のしるしを根元まで食《は》み、柔襞に隠された弱いところを指で抉《えぐ》った。

「ひ、あっ」

刹那《せつな》に彼の内腿《うちもも》がおののいて、全身に力が入る。そのあと口中に放たれた彼のそれを、ためらうことなく受けとめて嚥下《えんげ》した。

それからひと呼吸あったあと、顔をあげて――驚いた。

「きみ、唱《しょう》くん?」

彼は口を手で押さえ、その大きな眸から涙をぽろぽろこぼしていたのだ。

どうしたのかと惑っていたら、彼が自分から抱きついてきた。

「あっ、あんなの……っ、のん、飲んで……っ」

どうやらこの青年はそれを気にしているらしい。

「うん。飲んだが、きみのものだと思えば」

言いさして、目を瞠《みは》る。言葉半ばで彼が唇を重ねてきたのだ。いったいなにがと思っていれば、彼はこちらの唇を舐《な》め、口中まで舌を入れて動かしてくる。いつにない積極的なこの行為に面食らい、それからこれの意味を悟った。

彼は自分の精液を飲ませたことに耐えられず、それを必死に舐め取ろうとしているのだ。

そうと気づけば純な彼が可愛くて、こちらからも舌を絡《から》めてキスに応える。

「ふ……ん、う……ふ、ぅ……っ」

濃密なキスを何度も繰り返し、彼の唇と、舌の動きと、口腔の粘膜のやわらかさとを堪能《たんのう》する。

朝陽を浴びた彼は綺麗で、抱擁とキスとの合間に輝く銀の光の粒をこちらに流しこんできた。

「……唱くん、こら。ガイドの力を使うんじゃない」

いったんはキスを休んで、彼の目を見てそう言うと、相手はうろたえた顔をした。

「ぼ、僕はなにも」

「無意識にでもそうやって俺を癒すと、元気になりすぎてきみが困るぞ」

「え。……あっ」

有無を言わさず横抱きにかかえあげ、風呂を出て脱衣所に入っていく。そこでひとまず彼を下ろして、頭の上から大きなタオルをかぶせて擦る。

「まったくきみは。なんてことをしてくれるんだ。すっかり疲れが取れたじゃないか」

「……ほんとですか？」

白いタオルから顔を覗かせ青年が聞いてくる。その表情がうれしそうで、思わず唸《うな》りをあげてしまった。

「きみは、俺が、センチネルだということを、忘れているみたいだな」

これはもうむやみにガイドの力を使ってはいけないと、きっちりおぼえてもらわねば。

「ここから先は反省タイムだ」

自分の身体もタオルで雑に拭いたあと、彼の身体をタオルごと引っ摑む。

「え……藍染さん？」

ほとんど引《ひ》っ攫《さら》うようにして、脱衣所から縁側伝いに座敷に戻る。そうして彼の肢体を布団の上に転がした。

「夕方までには買い物をして美鈴さんの家に行く」

彼の身体に膝立ちでまたがって、藍染は厳然と言い放つ。

「晩飯は俺がつくるし、ワサビにもおやつをやる」

青年は大きな目を見ひらいて、こちらをただ眺めている。

「だが、それまでは元気になった俺の相手をしてもらう。朝と昼の食事をする時間以外はこの布団から出すつもりはない」

そう言えばさぞ怖がるかと思ったが、意に反して彼はふわっと微笑んだ。

「なぜ笑う」

「だって本当に藍……丈瑠さんが元気になってくれたみたいで。よかったって……その、すみません……」

しゅんとなった顔を見て、なんともお手上げな気分がしてくる。うれしいような困ったような、さまざまな感情が混ざり合うなか、ほかを圧して広がるのはこの青年への愛しさだ。

「きみのサイズを変えられる力があればよかったな。それとセンチネルの能力とを引き換えにしてもいい」

どうしてですかというふうに彼のまなざしが問いかける。藍染は苦笑しつつ身を屈《かが》め、愛するひとの頬を撫でた。

「この島を出るときに、きみをポケットに入れていける。ちいさくなったきみならどこにでも連れ歩けるから、それがいいと」

言ってから、自分勝手な台詞だと気がついた。

「だけどきみは嫌だろう?」

すると、彼は目を瞠り、そのあとこちらに両腕を差しあげてくる。

「好き……好きです……あなたが好き」

それしか言えなくなったみたいにその言葉をくり返す。藍染は涙の滲むまなざしを捉えながら、彼の唇に自分のそれを近づけた。

「愛している」

口づけると、きらきら輝く銀の星が流れこんできたけれど、これはもうしかたない。

センチネルで、つがいで、恋人の自分を調子づかせると、どんな目に遭うのかをこれから実地で教えこむしかないのだから。

あとがき

はじめまして。こんにちは。今城けいです。今回のお話は自分としてはめずらしく近未来設定です。ＩＴ化が進む未来は人口減ながら都心集中型で、地方との格差が拡大するばかり。そんな予想を持ちましたが、実際に私が住んでいる県内でも車で一、二時間ほど離れた場所などは昭和時代のままかと思わせる雰囲気を持っています。いい悪いはまたべつの論点として、これからはもっと地域差が広がっていくんじゃないか。そんな気持ちを下敷きに緒可島の生活を書いてみました。どちらが満たされているのかも一概には言えませんが、私自身は昔ながらの生活に心惹かれる部分はあります。

今年は私にとって身内の不幸という大きな出来事もあり、気持ちの上下動が激しい時期でもありました。そんな私をやさしく励まし、あるいはぐっと背中を押して目覚めされてくれたのは、読者さまからのお手紙やコメント、また編集さまのお言葉やはたらきかけによるものです。

お蔭様で、いまは元気になりました。自分が書くお話の世界に浸れる楽しさが実感できる毎日です。今回はセンチネルバースという若干馴染みのない世界観ではありますが、読者さまも楽しんでくださったら、それを切に願っています。

そしてこのプロットを通してくださった担当者さま。この度は大変お世話になりました。この企画を親身になって聞いてくださり、設定に関しても詳しく打ち合わせさせていただいたお陰で、彼らが自由に動くことができました。藍染と涼風はセンチネルとガイドという間柄ではあるのですが、そんなふたりの立場を超えて互いに心惹かれ合う関係性を描きたい。そのような心持ちで彼らと相対しておりました。

それからイラストを描いてくださりました麻々原絵里依さま。このたびはスケジュール調整など、多くのご負担をおかけしました。にもかかわらず素晴らしい造形を賜り、誠に感謝申し上げます。

この話が無事形になりましたのも拙作に関わってくださった皆様のお陰です。いたらぬ私を支え、信じてくださりました多くの方々には深謝するほかございません。

また、この本を手に取っていただきました読者さまにも心よりお礼申し上げます。皆様がおられればこそ、この話はできました。

どうか少しでもこの作品が読者さまのお心にかないますことを願っています。本当にありがとうございました。

最後になりますが、今年は多くの災害が日本各地を襲いました。被害を受けられた方々に謹んでお見舞い申し上げますとともに、一日も早い復旧を心よりお祈り申し上げます。

✦初出　センチネルバース 蜜愛のつがい……………書き下ろし
Trust me ……………………………………書き下ろし

今城けい先生、麻々原絵里依先生へのお便り、本作品に関するご意見、ご感想などは
〒151-0051 東京都渋谷区千駄ヶ谷 4-9-7
幻冬舎コミックス　ルチル文庫「センチネルバース 蜜愛のつがい」係まで。

幻冬舎ルチル文庫
センチネルバース 蜜愛のつがい

2019年11月20日　第1刷発行

✦著者　今城けい　いまじょう けい

✦発行人　石原正康

✦発行元　株式会社 幻冬舎コミックス
〒151-0051 東京都渋谷区千駄ヶ谷 4-9-7
電話 03(5411)6431［編集］

✦発売元　株式会社 幻冬舎
〒151-0051 東京都渋谷区千駄ヶ谷 4-9-7
電話 03(5411)6222［営業］
振替 00120-8-767643

✦印刷・製本所　中央精版印刷株式会社

✦検印廃止

ISBN978-4-344-84574-9　C0193　Printed in Japan